Von EDGAR WALLACE
sind im Goldmann Verlag lieferbar:

Die Abenteuerin. 164
A. S. der Unsichtbare. 126
Die Bande des Schreckens. 11
Der Banknotenfälscher. 67
Bei den drei Eichen. 100
Die blaue Hand. 6
Der Brigant. 111
Der Derbysieger. 242
Der Diamantenfluß. 16
Der Dieb in der Nacht. 1060
Der Doppelgänger. 95
Die drei Gerechten. 1170
Die drei von Cordova. 160
Der Engel des Schreckens. 136
Feuer im Schloß. 1063
Der Frosch mit der Maske. 1
Gangster in London. 178
Das Gasthaus an der Themse. 88
Die gebogene Kerze. 169
Geheimagent Nr. 6. 236
Geheimnis der gelben Narzissen. 37
Das Geheimnis der Stecknadel. 173
Das geheimnisvolle Haus. 113
Die gelbe Schlange. 33
Ein gerissener Kerl. 28
Das Gesetz der Vier. 230
Das Gesicht im Dunkel. 139
Der goldene Hades. 226
Die Gräfin von Ascot. 1071
Großfuß. 65
Der grüne Bogenschütze. 150
Der grüne Brand. 1020
Gucumatz. 248
Hands up! 13
Der Hexer. 30
Im Banne des Unheimlichen. 117
In den Tod geschickt. 252
Das indische Tuch. 189
John Flack. 51
Der Joker. 159
Das Juwel aus Paris. 2128
Kerry kauft London. 215
Der leuchtende Schlüssel. 91
Lotterie des Todes. 1098
Louba der Spieler. 163
Der Mann, der alles wußte. 86
Der Mann, der seinen Namen änderte. 11
Der Mann im Hintergrund. 1155
Der Mann von Marokko. 124
Die Melodie des Todes. 207
Die Millionengeschichte. 194
Mr. Reeder weiß Bescheid. 1114
Nach Norden, Strolch! 221
Neues vom Hexer. 103
Penelope von der »Polyantha«. 211
Der Preller. 116
Der Rächer. 60
Der Redner. 183
Richter Maxells Verbrechen. 41
Der rote Kreis. 35
Der Safe mit dem Rätselschloß. 47
Die Schuld des Anderen. 1055
Der schwarze Abt. 69
Der sechste Sinn des Mr. Reeder. 77
Die seltsame Gräfin. 49
Der sentimentale Mr. Simpson. 1214
Das silberne Dreieck. 154
Das Steckenpferd des alten Derrick. 97
Der Teufel von Tidal Basin. 80
Töchter der Nacht. 1106
Die toten Augen von London. 181
Die Tür mit den sieben Schlössern. 21
Turfschwindel. 155
Überfallkommando. 75
Der Unheimliche. 55
Der unheimliche Mönch. 203
Die unheimlichen Briefe. 1139
Das Verrätertor. 45
Der viereckige Smaragd. 195
Die vier Gerechten. 39
Zimmer 13. 44
Der Zinker. 200

EDGAR WALLACE

Richter Maxells Verbrechen

MR. JUSTICE MAXELL

Kriminalroman

GOLDMANN VERLAG

Aus dem Englischen übertragen
von Dr. Manfred Georg

Der Goldmann Verlag
ist ein Unternehmen der Verlagsgruppe Bertelsmann

Made in Germany · 3/89 · 21. Auflage

Umschlagentwurf: Atelier Adolf & Angelika Bachmann, München
Umschlagfoto: Manfred Schmatz, München
Satz: Presse-Druck, Augsburg
Druck: Elsnerdruck, Berlin
Krimi 41
Lektorat: Friedrich A. Hofschuster/Ge · Herstellung: Harry Heiß/Voi
ISBN 3-442-00041-6

1

Es war schon spät – zwei Stunden nach dem Ruf des Muezzin zum Abendgebet, und die Nacht hatte den Himmel über Tanger mit Millionen Sternen besät. In der kleinen Straße saßen die Brotverkäufer mit gekreuzten Beinen hinter ihren Waren; ihre Kerzen brannten ruhig, denn kein Windzug war zu spüren. Das eintönige Klimpern einer Gitarre aus einem maurischen Café – das müde »Barlak!« eines verspäteten Eseltreibers, der mit seiner Last die steilen Straßen, die zu dem großen Basar führten, hinunterstampfte – das Schlurfen nackter Füße auf dem Pflaster und das entfernte Rauschen der Wellen, die sich an der Küste brachen –, das waren die einzigen Laute, die durch die Nacht tönten.

John Maxell saß im Freien vor dem Continental-Café, im Zustand körperlichen Behagens, der die Folge eines guten Dinners ist. Jedoch die innere Zufriedenheit, die dieses Behagen vollkommen gemacht hätte, fehlte. Er war schon nervös nach Tanger gekommen, denn seine Reise durch Frankreich und Spanien war von gewissen Befürchtungen und Zweifeln begleitet gewesen, die Cartwright keineswegs zerstreut hatte.

Vielmehr hatte dieser, durch seine heiteren Ausflüchte, durch seinen fröhlichen Optimismus und zeitweise durch seine etwas gereizte Laune, dem zum King's Counsel aufgestiegenen Anwalt noch weitere Ursache zur Beunruhigung gegeben.

Cartwright saß ihm gegenüber und war ungewöhnlich still. Dies war Maxell durchaus angenehm; denn die Nacht verführte nicht zum Schwatzen. Es gibt viele solche Nächte im nördlichen Afrika, in denen man tiefstes Schweigen bewahren möchte, damit die Gedanken frei und ungehemmt ihren eigenen Weg gehen können. Wie dem auch sei – Maxell hätte es jedenfalls als unangenehm empfunden, gleich nach dem Dinner über dringende Geschäfte sprechen zu müssen.

Cartwright hatte keine solchen Launen, sein Schweigen hatte andere Gründe. Schließlich fing er dennoch zu reden an. Er klopfte seine Pfeife auf dem eisenbeschlagenen Tisch mit einem so scharfen

Aufschlag aus, daß es seinem empfindlichen Gefährten durch Mark und Bein ging.

»Ich möchte Leben und Seele zum Pfand geben, daß doch eine Goldader da ist«, sagte er mit einer Plötzlichkeit, die fast weh tat. »Sie haben ja selbst die oberste Schicht gesehen – ist es nicht genau die gleiche Formation wie in den Goldminen?«

Maxell nickte.

Obgleich er ein bewanderter Rechtsgelehrter war, war er lebhaft am Bergbau interessiert und hatte das ganze Problem der Goldgewinnung sorgfältig studiert.

»Das leuchtet mir vollkommen ein«, sagte er, »aber dennoch spricht die Tatsache dagegen, daß ein paar gescheite Ingenieure viel Zeit und Geld geopfert haben, um die Lage der Ader zu bestimmen. Daß es in Marokko Gold gibt, weiß jeder, und ich, Cartwright, glaube, daß Sie recht haben. Aber wo ist die Ader? Die Bohrungen würden ein Vermögen kosten – obgleich die bereits vorhandenen Bohrlöcher richtunggebend sein könnten.«

Sein Gegenüber machte eine ungeduldige Gebärde.

»Natürlich, wenn die Ader bereits genau vermessen wäre, dann wäre die Geschichte verflucht einfach, aber dann würden wir auch nicht so dazukommen wie heute: nämlich für ein paar tausend Pfund. Zum Teufel, Maxell, wir müssen ein gewisses Risiko auf uns nehmen. Ich weiß ebensogut wie Sie, daß es eine Spekulation ist. Darüber brauchen wir gar nicht zu reden. Aber andere Dinge sind auch Spekulation, Jura zum Beispiel war jahrelang eine Spekulation für Sie, und noch eine größere, als Sie zum King's Counsel ernannt wurden und den seidenen Talar anzogen.«

Das war ein wunder Punkt für Maxell, und der andere wußte das. Als vielversprechender jüngerer Rechtsanwalt war er zu Gericht zugelassen worden und hatte Stellung und Titel eines »King's Counsel« angenommen in der Hoffnung, daß es seinem Fortkommen nützen werde. Und wie so viele andere hatte er merken müssen, daß ein erfolgreicher Rechtsanwalt noch lange kein erfolgreicher »King's Counsel« ist.

Zu seinem Glück hatte er schon lange vorher in einem Wahlkreis kandidiert und einen Sitz im Parlament erhalten; die Dienste, die er nun der augenblicklichen Regierung erwies, hatten in gewisser Weise seine Zukunft gesichert. Aber in finanzieller Hinsicht hatte er große Verluste erlitten.

»Nein«, sagte er, »ich gebe zu, die seidene Robe bietet einem keinen großen Vorteil; es stimmt, das war ein Spiel, das ich verloren habe.«

»Dabei fällt mir ein«, sagte Cartwright, »bevor ich aus London abreiste, hörte ich ein Gerücht, daß man Ihnen einen Sitz in der Regierung geben wolle.«

Maxell lachte.

»Das ist höchst unwahrscheinlich«, sagte er. »Na, und wenn man mich schon zum Generalanwalt der Krone macht, so gehöre ich doch noch lange nicht zum Kabinett.«

»Immerhin, es bringt eine Menge Geld ein«, sagte Cartwright nach einer kurzen Pause, »und auf Geld kommt es jetzt an, Maxell.«

Wieder nickte der Jurist.

Er hätte hinzufügen können, daß er – wenn er nicht so nötig Geld brauchte – seine Beziehungen zu Alfred Cartwright schon längst gelöst hätte, obgleich Cartwrights Name in gewissen Kreisen der Londoner City hoch angeschrieben war. Sie waren zusammen zur Schule gegangen, doch waren sie zu dieser Zeit gerade nicht sehr befreundet gewesen. Und Cartwright hatte von Anfang an eine glückliche Hand gehabt. Als sein Vater starb, erbte er ein bedeutendes Geschäft, das er im Laufe der Zeit beträchtlich erweiterte. Er war außerdem noch an hundert anderen Geschäften interessiert, und die meisten hatten sich bezahlt gemacht. Einige waren jedoch Fehlschläge, und man erzählte sich, daß diese Verluste einen großen Teil des Gewinns, der ihm aus seinen Erfolgen erwuchs, aufzehrten.

Sie hatten sich wieder getroffen, als Maxell junger Anwalt war und Cartwright der Beklagte in einem Rechtsstreit, der – wenn er ihn verloren hätte – ihn um einige dreißigtausend Pfund ärmer gemacht haben würde. Wenn Maxell daran zurückdachte, so mußte er sich eingestehen, daß es keine angenehme Situation gewesen war, denn Cartwright war völlige Verfälschung der Tatsachen vorgeworfen worden; und wenn er auch gewonnen hatte – und zwar glänzend gewonnen –, so war er doch auf diese Leistung nie besonders stolz gewesen.

»Nein«, sagte er – die Pausen wurden immer häufiger und länger –, »ich kann mir kaum vorstellen, daß der Premierminister soviel für mich übrig hat. Im Parlament muß man den andern unbequem sein, um wirklich Erfolg zu haben. Man muß stark genug sein, um eine Gefolgschaft im Volke zu haben, und unabhängig genug, um die Fraktionskollegen in Atem zu halten. Ich bin als sicherer Mann bekannt und habe einen sicheren Sitz, den ich nicht verlieren kann – selbst wenn ich das wollte. Auf diese Weise wird man nicht befördert. Freilich, ich könnte Unterstaatssekretär werden, wenn ich ein Gesuch einreichte. Das bedeutet ein paar tausend Pfund im Jahr, es bedeutet aber auch, daß man während der Amtsdauer der Regierung auf einem untergeordneten Posten aushalten muß; wenn man dann gerade warm geworden ist, gerät die eigene Partei in den Schatten der Opposition, und schon ist nichts mehr zu wollen.«

Er schüttelte den Kopf und kam auf die vermutete Goldader zu sprechen, als wünschte er, das Gespräch von seinen persönlichen Angelegenheiten abzulenken.

»Sie sagen, es würde uns einen Haufen Geld kosten, wenn die Ader schon gefunden wäre, aber kostet es uns nicht auch jetzt schon eine Menge?«

Cartwright zögerte.

»In der Tat«, bekannte er, »kostet die gefundene Ader nichts oder fast nichts, weil El Mograb mir hilft. In unserem eigentlichen Geschäft – das heißt im Syndikat – sind unsere Ausgaben ja wirklich gering; aber ich habe unabhängig davon noch Käufe getätigt, und daher kommt die Geldausgabe. Ich kaufe nämlich allen Grund und Boden im Süden von Angera auf – ein teures Geschäft.«

Maxell rutschte unbehaglich auf seinem Stuhl hin und her.

»Das ist mir äußerst peinlich, Cartwright«, sagte er, »Ihre Pläne gehen wirklich zu weit. Ich habe es mir heute nachmittag ausgerechnet, als ich in meinem Zimmer saß. Wenn der Plan, wie Sie ihn mir gestern umrissen haben, durchgeht, so heißt das für Sie, zwei Millionen aufzutreiben.«

»Drei«, verbesserte der andere lustig, »aber denken Sie mal weiter, Maxell! Angenommen, der Plan geht durch. Angenommen, wir finden die Ader, und diese Ader läuft, was ich bestimmt glaube, durch das ganze Land, das ich jetzt aufkaufe – das bedeutet dann einen Gewinn von hundert Millionen für mich!«

John Maxell seufzte.

»Ich bin schon so weit gekommen, daß ich hunderttausend für eine enorme Summe halte«, sagte er. »Na ja, Sie verstehen ja am meisten davon, Cartwright. Aber über ein Geschäft, das wir zusammen machen, möchte ich gern beruhigt sein. Es interessiert mich, ob meine Verbindlichkeiten meine Zahlungsfähigkeit auch nicht übersteigen. Und dann ist da noch eine andere Geschichte.«

Cartwright ahnte, was das für eine »andere Geschichte« war.

»Na?« fragte er.

»Ich habe Ihre Papiere heute nachmittag durchgesehen«, sagte Maxell, »und ich kann nichts finden, was sich auf den alten spanischen Betrieb bezieht. Ich erinnere mich, daß Sie mir erzählten, ein Spanier habe einen großen Streifen Land aufgekauft und sein Kapital erschöpft, um die Ader zu finden – Señor Brigot, so hieß er doch?«

Cartwright nickte kurz.

»Ein Trunkenbold – minderwertiger Kerl«, sagte er. »Er ist pleite.«

Maxell lächelte.

»Seine moralischen Eigenschaften kommen wohl kaum in Betracht; wichtig ist, daß – wenn Ihre Theorie stimmt – die Ader durch sein Besitztum läuft. Wie wollen Sie sich hierzu verhalten?«

»Es aufkaufen«, sagte der andere.

Plötzlich erhob er sich.

»Ich gehe noch ein wenig ins Freie«, sagte er, »kommen Sie mit?«

Sie stapften zusammen die lange, steile Hügelstraße hinauf und sprachen erst wieder, als sie durch das alte Tor in das drückende Dunkel traten, das außerhalb der Stadt lagerte.

»Ich verstehe Sie nicht, Maxell – Sie haben Ansichten wie ein alter Mann.« Cartwrights Stimme klang gereizt. »Sie sind verhältnismäßig jung, Sie sehen gut aus. Warum zum Teufel heiraten Sie nicht – und zwar reich?«

Maxell lachte.

»Haben Sie je versucht, reich zu heiraten?« fragte er trocken.

»Nein«, sagte der andere nach einer Pause, »aber ich denke mir, es muß ziemlich einfach sein.«

»Versuchen Sie es«, sagte Maxell lakonisch. »In Büchern ist es einfach, aber im Leben ist es so gut wie unmöglich. Ich verkehre doch in allen Gesellschaftskreisen und kann Ihnen sagen, daß ich niemals eine passende Partie mit Geld gefunden habe – das heißt mit viel Geld. Ich gebe zu«, fuhr er nach einem Weilchen fort, »ein Mann wie ich sollte heiraten. Und er sollte gut heiraten. Ich könnte einer Frau eine gute Stellung bieten, aber es muß eben die richtige Frau sein. Es gibt Zeiten, in denen meine Lage mich rasend macht. Ich werde älter – am nächsten Geburtstag werde ich siebenundvierzig –, und jeder Tag, der vergeht, ist verloren. Ich sollte verheiratet sein, aber ich kann mir keine Frau leisten. Es ist etwas Gemeines, Geld und Heirat zu verquicken, und doch: irgendwie kann ich an nichts anderes denken. Sowie mir der Gedanke an Heirat aufsteigt, stelle ich mir eine Schönheit vor, die auf einem großen Geldsack sitzt.« Er kicherte in sich hinein. »Wir wollen zurückgehen«, sagte er, »hier draußen kriege ich eine Gänsehaut.«

Etwas polterte hinter ihm in der Dunkelheit, irgendein großes, gewaltiges Tier mit einem unangenehmen Geruch, und eine gutturale Stimme schrie auf arabisch: »Achtung!«

»Kamele«, sagte Cartwright kurz. »Sie bringen die Waren herein für den morgigen Markt. Es ist noch früh am Abend, Maxell. Wir wollen in das Theater hinaufgehen.«

»In das Theater?« sagte Maxell. »Ich wußte nicht einmal, daß es hier ein Theater gibt.«

»Man nennt es aus Höflichkeit Theater«, erklärte Cartwright. »Die Einwohner bezeichnen es als Zirkus. Es ist eine große hölzerne Baracke, dicht am Meer –«

»Ich kenne es, ich kenne es«, sagte Maxell. »Was wird denn gespielt? Die einzigen Schauspieler, die ich dort gesehen habe, waren spanische Artisten – und noch dazu ziemlich schlechte.«

»Diesmal wird es Ihnen gefallen. Es tritt eine englische Gesellschaft oder vielmehr eine Varieté-Gesellschaft mit einer Anzahl englischer Nummern auf«, sagte Cartwright. »Man könnte seine

Zeit auch übler verbringen – ich wenigstens«, fügte er bedeutungsvoll hinzu.

Als sie im Theater ankamen, war es nur spärlich besetzt. Cartwright nahm eine der offenen Logen, und sein Begleiter lehnte sich in eine Ecke, um zu rauchen. Die Nummern waren so, wie man sie gewöhnlich in Nordafrika trifft. Eine mit Flitter behängte Dame sang ein melodisches Lied auf spanisch, dessen Komik von unverblümter Unanständigkeit war. Dann kamen ein Taschenspieler und ein Mann mit dressierten Hunden, und schließlich wurde »Miss O'Grady« angekündigt.

»Englisch«, meinte Cartwright, in das Programm blickend.

»Vielleicht sogar irisch«, sagte Maxell trocken.

Das keuchende kleine Orchester spielte ein paar Takte, und das Mädchen kam heraus. Sie war hübsch – darüber gab es keinen Zweifel – und gefiel beiden Männern. Sie mußte Angelsächsin sein, denn sie sang ein französisches Lied in einer Aussprache, die beiden Männern vertraut klang.

»Es ist schrecklich, ein englisches Mädchen an einem solchen Ort und in solcher Gesellschaft zu sehen«, sagte Maxell.

Cartwright nickte.

»Ich möchte gerne wissen, wo sie wohnt«, meinte er halb zu sich selbst.

Ein verächtliches Lächeln kräuselte Maxells Lippen.

»Wollen Sie sie aus ihrer abscheulichen Umgebung erretten?« fragte er.

Cartwright fuhr ihn brüsk an.

»Zum Teufel noch mal, seien Sie heute abend nicht so sarkastisch, Maxell.«

»Pardon«, erwiderte dieser und schnippte die Asche von seiner Zigarre, »ich bin eben heute in einer zynischen Laune.«

Er hob seine Hand, um zu applaudieren, als das Mädchen sich jetzt auf der Bühne verbeugte und Blicke ins Parkett warf. Drei Logen weiter befand sich eine kleine Gesellschaft von Männern, die, dem Aussehen nach, Söhne von wohlhabenden Mitgliedern der spanischen Kolonie waren. Ihre Finger blitzten von Diamanten, und ihre Zigaretten brannten in juwelenbesetzten Spitzen.

Cartwright folgte den Blicken des Mädchens.

»Sie hat Erfolg gehabt, diese Miss O'Grady«, sagte er. »Diese Burschen werden übereinander stolpern, um ihr Komplimente zu sagen. Ich möchte wirklich wissen, wo sie wohnt!«

Jetzt standen die jungen Leute alle zugleich auf und verließen die Loge. Cartwright grinste.

»Macht es Ihnen etwas aus, hier allein zu bleiben, wenn ich hinausgehe?«

»Nicht im geringsten«, entgegnete Maxell. »Was haben Sie vor? Wollen Sie herauskriegen, wo sie wohnt?«

»Jetzt fangen Sie schon wieder an«, brummte Cartwright. »Ich finde, Sie werden bösartig in Tanger.«

Als er in das Foyer kam, waren die Männer bereits verschwunden, aber eine Frage, die er an den Logenschließer richtete, bestätigte seine Annahme; das Ziel der kleinen Gesellschaft war die Bühnentür.

Man konnte nur von außen her auf die Bühne gelangen. Das bedeutete eine Wanderung über Schutt- und Steinhaufen. Bald kam er an einen offenen Torweg, in dem einsam ein Mischling saß, eine Pfeife rauchend und in einem alten »Heraldo« lesend.

»Bitte«, sagte Cartwright auf spanisch, »haben Sie nicht meine drei Freunde hier hereinkommen sehen?«

»Jawohl, Señor«, nickte der Mann, »sie sind gerade hineingegangen.«

Er deutete auf einen dunklen, übelriechenden Gang.

Cartwright ging durch diesen dumpfigen Flur, und als er um die Ecke bog, stieß er auf eine interessante Gruppe, die sich um eine verschlossene Tür versammelt hatte. Der am meisten Betrunkene dieser Gesellschaft hämmerte gegen die Füllung. Dicht dabei stand ein kleiner, stämmiger Mann in beschmutztem Abendanzug, offensichtlich der Direktor des »Theaters«. Er grinste Beifall, und es war klar, daß die Besucher ihm bekannt und willkommen waren.

»Öffne die Tür, Traum meiner Freude«, grölte der junge Mann und hämmerte gegen die Türfüllung. »Wir sind gekommen, um dir zu huldigen – sagen Sie ihr, sie soll öffnen, José«, wandte er sich an den Theaterdirektor.

Der kleine Mann trippelte vorwärts und rief auf englisch: »Es stimmt schon, meine Liebe. Ein paar Freunde von mir möchten Sie besuchen.«

Eine Stimme von innen, die Cartwright wiedererkannte, antwortete. »Ich will sie nicht sehen. Sie sollen weggehen.«

»Hören Sie?« sagte der Direktor und zuckte mit den Schultern. »Sie will Sie nicht sehen. Gehen Sie doch zurück auf Ihre Plätze, ich werde versuchen, sie zu überreden.«

»Señor!« Er runzelte die Stirn bei der unerwarteten Erscheinung Cartwrights. »Was wollen Sie hier?«

»Ich will meine Freundin besuchen«, sagte Cartwright, »Miss O'Grady.«

»Es ist verboten, das Theater vom Bühneneingang her zu betreten«, sagte der kleine Mann großartig. »Wenn Miss O'Grady Ihre Freundin ist, so müssen Sie warten, bis die Vorstellung zu Ende ist.«

Cartwright nahm keine Notiz davon. Er war ein großer Mann von athletischem Körperbau. Er bahnte sich ohne Schwierigkeiten einen Weg durch die andern. Dann klopfte er an die Tür.

»Miss O'Grady«, sagte er, »hier ist ein englischer Besucher, der Sie sprechen möchte.«

»Ein Engländer?« erwiderte die Stimme. »Kommen Sie herein, um aller Heiligen willen!«

Die Tür wurde geöffnet, und ein Mädchen, das einen seidenen Kimono über ihr Bühnenkostüm gezogen hatte, bot ihm ein lächelndes Willkommen. Der junge Spanier, der gegen die Tür geschlagen hatte, wollte ihm folgen, aber Cartwrights Arm versperrte ihm den Weg.

»Ist Ihnen dieser Bursche erwünscht?« fragte er.

»Erwünscht?« sagte Miss O'Grady bitter. »Wünsche ich mir Scharlach oder Masern? Sie können drauf wetten, er ist mir nicht erwünscht. Er belästigt mich, seit ich hier bin.«

»Hören Sie, was die Dame sagt?« rief Cartwright auf spanisch. »Sie wünscht Ihre Bekanntschaft nicht.«

»Meinem Vater gehört dieses Theater«, rief der junge Mann laut.

»Da gehört ihm was Rechtes«, entgegnete Cartwright.

Der Spanier wandte sich wütend an seinen Trabanten.

»Sie werden diesen Mann sofort hinauswerfen, José, oder Sie werden Unannehmlichkeiten haben.«

Der kleine Mann zuckte hilflos die Achseln.

»Herr«, sagte er auf englisch, »Sie sehen meine unglückliche Lage. Der Señor ist der Sohn des Eigentümers, und es wird schlimm für mich ausgehen, wenn Sie bleiben. Ich bitte Sie als Freund und Gentleman, sofort zu gehen und mir ein Unglück zu ersparen.«

Cartwright sah das Mädchen an.

»Müssen Sie wieder in diese fürchterliche Bude gehen?«

Sie nickte, Lachen und Bewunderung in ihren Augen.

»Und was geschieht, wenn Sie dieses verdammte Geschäft hinwerfen?«

»Ich werde eingesperrt. Ich habe einen Vertrag auf zehn Wochen mit diesen Leuten.«

»Was verdienen Sie denn?«

»Zweihundertundfünfzig Pesetas in der Woche«, sagte sie verächtlich. »Eine fabelhafte Gage, was?«

Er nickte.

»Und wie lange müssen Sie noch hierhergehen, bis Ihr Kontrakt ausläuft?«

»Noch vier Wochen«, sagte sie. »Nächste Woche spielen wir in Cadiz, die Woche danach in Sevilla, dann in Malaga, dann in Granada.«

»Machen Sie das gern?«

»Gern!!« Der verächtliche Ton in ihrer Stimme war Antwort genug.

»Die Kostüme da gehören der Truppe, nehme ich an«, sagte er. »Ziehen Sie Ihr Straßenkleid an, und ich werde auf Sie warten.«

»Was wollen Sie tun?« fragte sie und sah ihm in die Augen.

»Ich werde Ihnen für Ihren verlorenen Kontrakt Ersatz schaffen.«

»Warum?«

Er zuckte mit den Achseln.

»Ich sehe nicht gern ein englisches Mädchen –«

»Irisch«, verbesserte sie.

»Ich meine ein irisches«, lachte er. »Ich sehe nicht gern, daß ein irisches Mädchen unter einem Haufen ekelhafter Mischlinge solche

Arbeit tut. Ihr Talent reicht für London oder Paris. Wie wär's mit Paris? Ich kenne eine Menge Leute dort!«

»Können Sie mir ein gutes Engagement verschaffen?«

Er nickte.

»Nun, dann sagen Sie mir auf alle Fälle Ihren Namen.«

»Um den brauchen Sie sich nicht zu kümmern. Smith, Brown, Jones, Robinson – irgendeiner, der Ihnen gefällt.«

Der bewegliche kleine Direktor fuhr jetzt dazwischen.

»Herr«, sagte er, »Sie dürfen die Dame nicht überreden, das Theater zu verlassen. Darauf stehen schwere Strafen. Ich kann Sie vor den Richter bringen –«

»Das lassen Sie sich nur aus dem Kopf gehen«, entgegnete Cartwright, »in Tanger gibt es keinen Richter. Sie ist britische Untertanin, und schlimmstenfalls können Sie sie vor den britischen Konsul bringen.«

»Aber wenn sie wieder nach Spanien fährt –«, sagte der kleine Mann, dem langsam das Blut zu Kopfe stieg.

»Sie wird nicht nach Spanien fahren. Sie fährt höchstens bis Gibraltar. Und von Gibraltar aus wird sie auf See bleiben, bis sie einen britischen Hafen erreicht.«

»Ich werde zum spanischen Konsul gehen«, kreischte der kleine Direktor und fuchtelte mit den Händen. »Ich lasse mich nicht ausrauben. Sie haben sich nicht um meine Geschäfte zu kümmern, Sie –«

Viel von dieser Aufregung war für den glotzenden jungen Spanier berechnet, der im Hintergrund stand. Nun ging Cartwright aus dem Zimmer, schloß die Tür und stellte sich mit dem Rücken dagegen. Auf einen geflüsterten Befehl des jungen Spaniers, der aufgeregt gestikulierte und dessen Diamanten dabei Blitze sprühten, verschwand José, der Direktor, und kehrte einige Minuten später mit zwei handfesten Bühnenarbeitern zurück.

»Wollen Sie dieses Theater sofort und ruhig verlassen?« fragte der vor Wut schäumende Direktor.

»Ich werde dieses Theater nicht eher verlassen, als ich es für gut befinde«, sagte Cartwright, »und wenn Sie mich vorher dazu zwingen wollen, so wird das bestimmt nicht ruhig abgehen.«

Der Direktor trat mit theatralischer Gebärde zurück.

»Werft den Herrn hinaus«, sagte er mit Grandezza.

Die beiden Männer zögerten. Dann trat einer vor.

»Der Señor muß gehen«, sagte er.

»Zur rechten Zeit, mein Freund«, erwiderte Cartwright.

Eine Hand packte seinen Arm. Aber sofort hatte er sich freigeschüttelt und traf mit aller Kraft die Kinnlade des Mannes. Der Arbeiter fiel wie ein Klotz zu Boden.

Cartwright rief durch die Tür dem Mädchen zu: »Ziehen Sie Ihren Kimono über. Sie können die Bühnenfetzen morgen zurückschicken.«

»Gut«, sagte die Stimme hinter ihm, und das Mädchen schlüpfte hinaus, noch mit ihrem Kimono bekleidet. Sie trug ein Bündel Kleider unter dem Arm.

»Sie kennen doch den Ausgang? Ich komme sofort nach. Nun, José«, schloß er herausfordernd, »jetzt gehe ich – ganz ruhig.«

2

Hinter ihm brach ein Höllenlärm los. Aufgeregt blitzten die funkelnden Diamanten. Er traf das Mädchen, das im Dunkel auf ihn wartete.

»Brr-rr! Kalt ist es hier!« schauderte sie.

»Wo wohnen Sie?« fragte er.

»In dem kleinen Hotel gegenüber dem britischen Konsulat. Es ist nicht sehr vornehm da, aber es war das einzige Zimmer, das ich zu diesem Preis bekommen konnte.«

»Es wäre besser, Sie gingen nicht dorthin«, erwiderte Cartwright. »Ich werde morgen früh nach Ihren Koffern schicken. Geben Sie mir Ihre Kleider.«

»Ich bin froh, da herausgekommen zu sein.« Sie nahm atemlos seinen Arm. »Es ist ein Hundeleben. Ich wollte morgen davonlaufen. Diese Burschen verfolgen mich, seit ich in Tanger bin. Ich glaube wirklich, es ist besser, wenn ich nicht in mein Hotel gehe«, fügte sie kurz darauf hinzu. »Diese Spanier sind eine zähe Bande; und wenn ich auch ihre verdammte Sprache nicht verstehe, so weiß ich doch ganz genau, was für vergnügte Festtage sie mit mir vorhaben.«

Sie befanden sich jetzt in der Stadt und gingen die Straße an der Moschee vorbei hinauf.

»Wohin bringen Sie mich?« fragte sie leise.

»Ins Continental-Hotel«, antwortete er.

»In diesem Zustand?« fragte sie voller Bestürzung, und er lachte.

»Ich habe ein Büro in dieser Straße«, sagte er. »Sie können hineingehen und sich umziehen. Ich werde draußen warten.«

Er begleitete sie in den winzigen Raum, der das Hauptquartier des Andera-Goldminen-Syndikats war. Er setzte sich auf die schiefen Steinstufen und wartete, bis sie angekleidet war. Bald kam sie heraus, und aus dem netten Mädchen im Kimono war eine elegante Dame geworden.

»Mir ist gerade eingefallen«, meinte er, »es wäre doch besser, wenn Sie ins Central-Hotel gingen. Ich wohne nämlich selbst im Continental, und das würde nicht gut aussehen.«

»Ich habe selbst etwas Ähnliches gedacht«, sagte sie. »Was wird aber nun mit meinem gebrochenen Kontrakt? Haben Sie nur Spaß gemacht, als Sie sagten, Sie würden das in Ordnung bringen? Ich hasse es, über Geldangelegenheiten zu sprechen, aber ich bin gänzlich pleite – José schuldet mir noch die letzte Wochengage.«

»Ich werde die Geldgeschichte morgen regeln«, sagte er. »Für den Augenblick kann ich Ihnen eine Zehnpfundnote leihen.«

»Was beabsichtigen Sie eigentlich?« fragte sie wiederum. »Ich habe eine Menge Bücher gelesen und kenne die Märchen von den fahrenden Rittern von vorn bis hinten. Sie sehen nicht aus wie einer, der für nichts und wieder nichts etwas tut.«

»So einer bin ich auch nicht«, erwiderte Cartwright kühl. »Als ich Sie auf der Bühne sah, da fiel mir ein, daß man Sie zu allerhand verwenden könnte. Ich brauche jemanden in Paris, dem ich vertrauen kann – einen, der meine Interessen wahrnimmt.«

»Ich bin keine Geschäftsfrau. Ich hasse Geschäfte.«

»Geschäfte werden von Männern gemacht.« Er sagte das sehr bedeutungsvoll. »Es gibt da ein paar Leute, denen ich auf der Spur bleiben möchte. Verstehen Sie mich?«

Sie nickte.

»Ich sehe, Sie sind doch besser, als ich dachte.«

Er nahm sich nicht die Mühe, sie zu fragen, was sie gedacht oder welche Vorstellung sie sich von seinen Absichten gemacht habe. Er begleitete sie ins Hotel, sorgte für ein Zimmer und ging langsam ins Continental zurück. Als er sich im Vestibül seines Hotels befand, fiel ihm ein, daß er einen würdigen King's Counsel, Mitglied des Parlaments, rauchend in einer Loge des Zirkus von Tanger sitzengelassen hatte.

»Ich habe Sie verfehlt«, sagte Maxell am nächsten Morgen. »Als Ihnen einfiel, daß ich noch dasitzen müsse, und Sie zurückkamen, um mich abzuholen, war ich schon auf dem Heimweg – wir müssen im Dunkel aneinander vorbeigegangen sein. Was ist denn gestern abend los gewesen?«

»Nicht viel«, sagte Cartwright leichthin, »ich ging hinaus und traf das Mädchen. Sie war sehr nett.«

»Wie nett?« fragte der andere neugierig.

»Nun, eben nett.« Und er fuhr obenhin fort: »Sie wurde gerade von den Aufmerksamkeiten eines richtigen spanischen Hidalgo belästigt.«

»Und Sie befreiten sie, wie?« sagte Maxell. »Aber was ist mit ihr geschehen, nachdem sie befreit war?«

»Ich habe sie in ihr Hotel begleitet, und damit ist die Geschichte zu Ende. Übrigens, sie fährt heute morgen mit der ›Gibel Musa‹ nach Gibraltar.«

»Hm!« Maxell sah abwesend auf den Brief, den er in der Hand hielt, faltete ihn und legte ihn weg.

»Ist die Post schon da?« fragte Cartwright interessiert, und Maxell nickte. »Sie haben wohl den täglichen Brief von Ihrer Kleinen bekommen?«

Maxell lächelte. »Ja«, sagte er, »es ist zwar eigentlich kein Kinderbrief, aber er ist sehr drollig.«

»Wie alt ist sie denn?« fragte Cartwright.

»Sie muß neun oder zehn Jahre alt sein«, sagte Maxell.

»Ich möchte wirklich wissen, ob es Zufall ist oder Schicksal«, grübelte Cartwright.

»Was soll Zufall sein?« fragte der andere.

»Nun, daß Sie ein Mädchen haben, um das Sie sich kümmern müssen, und daß ich in gewisser Weise für einen aufgeweckten Jungen verantwortlich bin. Meine Aufgabe ist uninteressanter als Ihre, glaube ich. Immerhin, er ist ein Junge und eine Art Vetter von mir. Er hat dumme Eltern, Leute, die zufrieden sind, ihr ganzes Leben lang für andere zu arbeiten, und die eine Auflehnung gegen ihre Lebensbedingungen als Gottlosigkeit empfinden. Ich habe den Bengel zwar nur einmal gesehen, aber er kam mir vor wie einer, der mit einem solchen Leben brechen und sein Glück versuchen könnte. Sonst würde ich mich für ihn nicht interessiert haben.«

»Wie weit geht Ihr Interesse? Ich glaube nicht, daß Sie ein Mensch sind, der aus Liebhaberei unglücklichen Armen hilft.«

»Der etwas tut für nichts und wieder nichts, nicht wahr?« lachte Cartwright. »Das wird mir nun in vierundzwanzig Stunden zum zweitenmal gesagt.«

»Wer war denn der erste – die Schauspielerin?«

Cartwright schlug dem andern aufs Knie.

»Sie können gut raten«, sagte er. »Nein, ich tue nichts umsonst. Ich gehöre zu diesen Optimisten, die Tannenzapfen pflanzen, damit sie auf ihre alten Tage gutes Brennholz haben. Ich weiß nicht, was für ein Mensch Timothy werden wird, aber wie gesagt, er läßt sich gut an – na, und Sie und ich, wir schlagen in dieselbe Kerbe.«

»Mit einer Ausnahme«, sagte Maxell. »So wie Sie reden, haben Sie an Ihrem Schützling kein direktes Interesse, und es ist Ihnen in Wirklichkeit egal, ob er gut oder schlecht ausschlägt.«

»Das stimmt«, gab Cartwright zu. »Es ist ein Experiment.«

»Mein kleines Mädchen ist doch etwas mehr«, sagte Maxell ruhig. »Es ist das einzige lebende Wesen, für das ich eine wirkliche Zuneigung hege – es ist das Kind meines verstorbenen Bruders.«

»Also Ihre Nichte? Ich habe niemals eine Nichte gehabt – es wäre mir auch äußerst lästig, Onkel genannt zu werden.«

In diesem Augenblick wurde ihre Unterhaltung durch die Ankunft eines kleinen Mannes unterbrochen, der offenbar seinen besten Anzug angezogen hatte. Auf seiner Stirn stand eine Falte, die wohl schrecklich aussehen sollte, aber lediglich drollig wirkte. José Ferreira hatte sich zu dieser Unterredung besonders sorgfältig angekleidet und vorbereitet, da sie – wie er zu seinen Freunden gesagt hatte – unfehlbar furchtbar und bedeutungsvoll zugleich werden würde. Denn, wie er sich ausdrückte: »Dieser Mann hat mich ins Mark meines Lebens getroffen.«

Er begann seine Rede an Cartwright, wie er sie einstudiert hatte.

»Estoy indignado –«

Aber Cartwright schnitt ihm mit einem Ausdruck gespielter Furcht das Wort ab.

»Horroroso! Sie sind sehr wütend, nicht? Nun, kommen Sie her, kleiner Mann, und erzählen Sie mir, warum Sie so empört sind.«

»Señor«, sagte der Mann feierlich. »Sie haben Scham und Demütigung auf mich gehäuft – ich werde dies in meinem ganzen Leben nicht vergessen.«

Die Unterhaltung wurde spanisch geführt, doch Maxell war im Spanischen vortrefflich beschlagen.

»Was ist denn los?« fragte er, noch ehe José, der mit dem Gefühl des ihm geschehenen Unrechts rang, fortfahren konnte.

»Hören Sie zu und entscheiden Sie«, spottete Cartwright. »Ich habe aus dem unvergleichlichen Ensemble seine Freude und seinen Edelstein herausgebrochen.«

»Mit anderen Worten, die liebenswürdige Miss O'Grady«, sagte Maxell.

»Jawohl«, fiel José ein. »Für mich ist es der Ruin. Was für Geld habe ich ausgegeben, um mein Ensemble zu vervollständigen. Es wird von einem Mann finanziert, der zu den reichsten Leuten in Tanger gehört – und eben sagte mir sein Sohn, wenn ich die Dame nicht zurückbrächte, dann könnte ich mich auf die Straße in den Rinnstein scheren.« Er weinte.

Maxell blinzelte seinem Gefährten zu.

»Da haben Sie wieder Gelegenheit, Tannenzapfen zu pflanzen«, lächelte er. »Haben Sie für diesen Herrn keine Verwendung?«

Aber Cartwright war nicht zum Scherzen aufgelegt.

»Señor Ferreira, Sie sind, wie jeder weiß, ein stadtbekannter

Spitzbube und Schurke. Wenn Sie sich mit noch größeren Spitzbuben und Schuften einlassen, so ist das Ihre Angelegenheit. Ich kann Ihnen nur sagen, Sie können sich glücklich schätzen, daß ich diesen Fall nicht vor den spanischen Konsul gebracht habe. Ich versichere Ihnen, Sie würden keinen Fuß mehr nach Tanger setzen dürfen, nach den Geschichten, die ich über Sie gehört habe.«

Der kleine Spanier stand mit offenem Munde und tief erschreckt da. Er hatte Angst. Cartwright hatte seine Beschuldigung aufs Geratewohl ausgesprochen, aber er hielt es nicht für wahrscheinlich, daß in einem derartigen Etablissement, wie es Herrn Ferreira unterstand, sich keine Vorfälle ereignen sollten, die den Direktor in ein schlechtes Licht zu setzen vermochten.

»Alles, was über mich gesagt wird, ist Lüge«, beteuerte der kleine Mann mit Nachdruck. »Ich habe ein Leben voller Tugend geführt! Heute noch werde ich mich beim britischen Konsul beschweren, und wir werden weitersehen!«

»Beschweren Sie sich ruhig«, sagte Cartwright.

»Ich will Ihnen noch eine Möglichkeit geben.« Señor Ferreira wackelte mit seinem fetten, stumpfen Finger. »Bringen Sie mir Miss O'Grady zurück, und ich werde die Angelegenheit nicht weiter verfolgen.«

»Miss O'Grady ist von Tanger abgefahren«, erwiderte Cartwright ruhig, »es ist also klar, daß ich sie nicht zurückbringen kann.«

»Das ist nicht wahr«, brüllte der Spanier. »Wir haben das Boot, das die Passagiere auf die ›Gibel Musa‹ gebracht hat, überwachen lassen; sie hat die Mole nicht verlassen.«

»Sie ist von der Küste aus gefahren«, erklärte Cartwright geduldig, »sie wurde von einem Matrosen der ›Cecil‹ hinübergerudert. In diesem Augenblick hat sie schon den halben Weg nach Gibraltar zurückgelegt.«

Ferreira ächzte.

»Das ist mein Ruin«, sagte er. »Vielleicht auch der Ihre«, fügte er unheilverkündend hinzu. »Ich kann nichts Besseres tun als nach Paris fahren und die Angelegenheit meinem edlen Herrn unterbreiten, dem Señor Don –«

Cartwright deutete mit dem Kopf nach der Tür.

»Verschwinden Sie«, sagte er und wandte seine Aufmerksamkeit der Zeitung zu, die er vom Tisch aufgenommen hatte.

Maxell wartete, bis der kleine Mann fort war, der immer noch sein »indignado« herauszischte. Dann wandte er sich an Cartwright.

»Hm – das sieht ja ziemlich böse aus, Cartwright; was ist denn mit dem Mädchen geschehen?«

»Haben Sie nicht gehört? Ich habe sie nach Gibraltar geschickt«, erwiderte Cartwright. »Keinen Hund hätte ich in dieser Gesellschaft gelassen. Und von Gibraltar aus fährt sie mit dem ersten Dampfer weiter.«

»Hm!« machte Maxell zum zweiten Male.

»Was zum Teufel wollen Sie immer mit Ihrem ›Hm‹?« brummte sein Gefährte. »Das Mädchen ist fort. Ich werde sie nicht wiedersehen. Es war nichts als ein Akt der Nächstenliebe. Mißbilligen Sie das?«

»Verzeihen Sie. Ich wußte nicht, daß Sie es so übel aufnehmen würden. Nein, ich denke, Sie haben an dem Mädchen wirklich gut gehandelt. Nur heutzutage erwartet man eben nicht –«

»Selig ist, wer auf nichts hofft, Maxell«, zitierte Cartwright, »denn er kann nicht enttäuscht werden. Ich glaube nicht, daß der Theaterbesitzer, wer es auch sein mag, sich das Schwarze unterm Nagel um diese Geschichte kümmert – es ist sein verfluchter Sohn, der den anbetungswürdigen José anfeuert.«

An diesem Nachmittag hatten die beiden Männer in der Umgebung der Stadt eine Unterredung mit einem sehr unauffällig gekleideten Mauren, der sich ihnen so vorsichtig näherte, daß man es hätte verzeihlich finden müssen, wenn Beobachter ihn für einen Verbrecher gehalten hätten. In den Augen der gottgewollten Herrscher von Marokko war er sogar noch schlimmer als ein Verbrecher; denn er war ein Bote von El Mograb, dem Kronprätendenten. Auf den Kopf dieses Boten war ein Preis gesetzt, und daher war seine Vorsicht immerhin verständlich. Er brachte einen Brief von El Mograb an Cartwright. Es war eine Freudenbotschaft.

Maxell und sein Freund waren schon früh am Nachmittag fortgegangen und hatten unter sengender Sonne zwei Stunden lang auf den Kurier gewartet. Obgleich Maxell Jurist war, bedrückte ihn die Tatsache, daß er mit den Feinden des Sultans konspirierte, keineswegs. Er kannte die Geschichte des Landes zu gut, um sich viel um Sultan oder Kronprätendent zu kümmern. Die Regierung des Sultans, die durch Revolutionen und die Genußsucht des Monarchen gekennzeichnet war, hatte bereits abgewirtschaftet. Sein Onkel El Mograb, eine geborene Führernatur und Befehlshaber von siebentausend gutbewaffneten Soldaten, wartete nur den psychologischen Moment ab, um loszuschlagen, und Abdul, mit seinen Automobilen, seinen Messingbettstellen und seinem Flitterkram, würde dann in dem Gefängnis verschwinden, das für solche ausschweifenden Herrscher reserviert ist.

Die Nachrichten von El Mograb waren gut. Er bestätigte noch einmal die Konzession, die einer seiner Scheichs in seinem Namen erteilt hatte, und sandte in blumigem Arabisch eine Dankesbotschaft an den Mann, der ihn mit den so notwendigen Gewehren versorgt hatte.

»Das war neu für mich«, sagte Cartwright, als sie zur Stadt zurückritten. »Ich wußte nicht, daß Sie Geschäfte mit Waffen machen, Maxell, und daß Sie mit El Mograb so dick befreundet sind.«

»Ich habe El Mograb gern«, sagte Maxell. »Er gehört zu den Mauren, die einen tiefen Eindruck auf mich gemacht haben. Sie dürfen nicht vergessen, daß ich schon seit meiner Jugend immer wieder nach Marokko gekommen bin und daß ich die meisten Anführer persönlich kenne. Ich kannte El Mograbs Bruder, der bei Tetuan gefallen ist; als er noch Liebling bei Hofe war, hat er mich in Fez gastfreundlich aufgenommen.«

»Was gilt sein Wort?«

»Es gilt mehr als Verträge, die jemals ins Staatsarchiv kamen.« Maxell wurde emphatisch. »Ich denke, Sie können Ihren Plan ruhig weiterverfolgen.«

Cartwright nickte.

»Ich werde nach London fahren, um Geld aufzunehmen. Wir werden im ganzen ein paar Millionen brauchen, aber eine halbe Million wird zunächst genügen, um weiterzukommen. Sie würden besser daran tun, in den großen Plan mit einzusteigen, Maxell.

Sie können nichts verlieren. Sie bleiben sozusagen immer auf ebener Erde. Was hat das für Zweck, wenn Sie mir mit Ihrer kleinen Gesellschaft – ich meine die Parent-Company – herumpusseln?«

»Ich habe Vertrauen dazu. Und ich kenne genau den Umfang meiner Verpflichtungen.«

»Sie sind ein Narr«, sagte der andere kurz. »Der große Wurf kann für Sie Millionen bedeuten, und ich brauche Ihre Hilfe und Ihre Anleitung.«

Maxell zauderte. Der Köder war verlockend, der Lohn ungeheuer. Aber es hieß, ein Risiko auf sich zu nehmen, auf das er nicht vorbereitet war. Er kannte so ziemlich Cartwrights finanzielle Methoden; er hatte sie in ihrer Auswirkung beobachtet, und bei der einen oder anderen Gelegenheit hatte er nicht wenig dazu beigetragen, Cartwright vor den Folgen seiner eigenen Gescheitheit zu schützen. Immerhin, überlegte er – Cartwright würde keine Schwierigkeiten haben, das Geld in der Öffenlichkeit aufzutreiben, und seine eigene Zugehörigkeit zum Ausschuß würde eine Garantie dafür sein, daß sein Gefährte vom geraden Wege nicht abwich.

Obgleich nicht allgemein bekannt war, daß er an einigen von Cartwrights Unternehmungen beteiligt war, hatte man in einflußreichen Kreisen einiges gemunkelt. Man hatte ihm sogar einen Wink gegeben, daß es besser wäre, wenn er sich von diesem Gentleman fernhielte, der zwar ein bewundernswerter Geschäftsmann sei, aber doch eine Vorliebe für Unternehmungen habe, die gelegentlich schon das Gesetzwidrige streiften. Aber diese einflußreichen Kreise hatten nichts von einem wirklichen Versprechen verlauten lassen, daß sie seine Zukunft nicht vergessen wollten.

Maxell war ein ehrgeiziger Mann, aber sein Ehrgeiz blieb durchaus in den Grenzen des Möglichen. Die Dienste, die er der Regierung erwiesen hatte, verdienten eine Anerkennung. Wie diese Anerkennung aussehen würde, war die einzige Frage. Seine Sprachkenntnisse befähigten ihn für einen wichtigen Posten im Auswärtigen Amt; aber es war schwer, in das Auswärtige Amt hineinzukommen. Es gab zu viele Beamte, die die Ämter bei der

Regierung als Tradition betrachteten und auf jede Begünstigung eifersüchtig waren, die Personen außerhalb ihres eigenen Kreises zuteil wurde.

Als er an diesem Tage zum Lunch ging, sah er, wie Cartwright gerade ein Telegramm zusammenfaltete und in die Tasche steckte.

»Meine kleine Freundin ist in Gibraltar angekommen«, berichtete der Geschäftsmann obenhin.

Maxell sah ihn neugierig an. »Was soll nun geschehen?«

»Ich schicke sie nach Hause.«

Cartwrights Stimme hatte einen munteren Klang, und er sprach in der Art eines Mannes, dem das angeschnittene Thema zur Diskussion zu uninteressant ist.

»Und dann?« drängte Maxell weiter.

Cartwright zuckte mit den Achseln.

»Ich habe ihr ein Einführungsschreiben an einen Freund mitgegeben. Auch habe ich Verbindungen zu ein oder zwei Theatern in der Stadt.«

Maxell erwiderte darauf nichts. Er hätte über diese Angelegenheit ebenso leicht wie sein Gefährte hinweggehen können, denn die Zukunft des Mädchens interessierte ihn kaum. Sie war für ihn nur eine Gestalt auf der Bühne gewesen. Ihre private Persönlichkeit, ihre eigentliche Erscheinung hatten ihm keinen wirklichen Eindruck hinterlassen. Aber wenn ihn das Mädchen auch nicht interessierte, so interessierte ihn um so mehr Cartwrights Einstellung ihr gegenüber. Das war ein Mann, von dem er nicht allzuviel wußte. Irgendwie fühlte er, daß er kaum in die Oberfläche von Cartwrights Charakter gedrungen war, obgleich er ihn jahrelang kannte und sie zusammen auf ein gemeinsames Ziel hinarbeiteten.

Das Benehmen dieses Mannes dem Mädchen gegenüber war merkwürdig, aber auch sehr lehrreich für ihn als kaltblütigen Beobachter. Er entdeckte auf diese Weise einen Menschen, der ihm bisher völlig fremd geblieben war, einen neuen Menschen, so völlig verschieden von der vertrauten Erscheinung, der er im Klub oder im Salon begegnet war, daß er ihn kaum wiedererkannte. Gerade diese Seite Cartwrights hätte er gern genauer kennengelernt, weil er von ihr am wenigsten wußte.

»Sie werden sie wahrscheinlich nicht wiedersehen wollen?« Er spielte mit seinem Messer und sah scheinbar gleichgültig aus dem Fenster.

»Warum denn nicht?« fuhr ihn Cartwright mit plötzlicher Gereiztheit an. »Zum Teufel, worauf legen Sie es eigentlich an, Maxell? Ich kann das Mädchen sehr leicht wieder treffen – ich gehe einfach in einige Kabaretts, und es ist kaum wahrscheinlich, daß ich sie verfehle. Natürlich habe ich ein gewisses Interesse für die Dame, die ich von dort befreit habe.« Er machte eine unbestimmte Bewegung zur Bucht von Tanger hinüber. »Vielleicht kann sie mir von Nutzen sein. Sie sind doch nicht etwa verliebt in sie?«

Er versuchte den Krieg ins Feindesland zu tragen, aber Maxells blaue Augen begegneten den seinen ruhig.

»Ich weiß kaum, wie sie aussieht, und es ist nicht anzunehmen, daß ich mich in eine Dame verliebe, die absolut keinen Eindruck auf mich gemacht hat.«

Am nächsten Tag fuhren sie mit dem nach Cadiz bestimmten Dampfer ab; Reiseziel war Paris und London. Sie hatten als Reisegefährten einen schäbigen kleinen Mann, dessen Habseligkeiten in einen wachstuchüberzogenen Koffer gepackt waren, auf den mit schreienden Buchstaben, augenscheinlich vom Besitzer selbst, ›José Ferreira‹ gemalt war.

Herr Ferreira brachte die meiste Zeit auf Deck des Schiffes zu, an seinen Nägeln kauend und seinen Groll gegen den ahnungslosen Cartwright vertiefend.

3

Maxell blieb keine vier Stunden in Paris. Der Südexpreß hatte ihn um sieben Uhr morgens in die französische Hauptstadt gebracht. Mit dem Mittagszug fuhr er bereits nach London ab. Die Sommerferien neigten sich ihrem Ende zu, und viele wichtige Dokumente mußten von ihm durchgesehen werden. Auch eine Besprechung mit dem Justizminister über die Auslegung einer Klausel im neuen Schiffahrtsgesetz stand auf dem Programm. Außerdem mußte er vor seinen Wählern noch eine Ansprache halten.

Er grübelte vergeblich nach, um in seinem Programm etwas Reizvolles zu entdecken. Das Parlament langweilte ihn, und die übliche juristische Praxis machte ihm kein Vergnügen mehr.

Wenn er in seinen augenblicklichen Plänen auch nur den Schimmer eines Reizes fand, so lag die Ursache hierzu in den schwierigen Problemen, die sich auf dieses neue, oberflächlich skizzierte Schiffahrtsgesetz bezogen. Dieses Gesetz war seinerzeit in höchster Eile durchgebracht worden, doch als es sich im Feuer eines Rechtsstreites bewähren sollte, kamen einige schwache Punkte zum Vorschein.

Der schwächste Punkt betraf die Ladewasserlinie. In einer Klage, die vor dem Oberrichter ausgefochten wurde, hatte man eine zweifelhafte Klausel so ausgelegt, daß das ganze Gesetz zu toten Buchstaben wurde.

Es ist nicht nötig, hier Einzelheiten des großen Disputes anzuführen, der wegen der drei Worte »oder anderweitig beladen« entstand. Wichtig ist nur, daß John Maxell, ehe er London erreichte, für die Regierung einen Ausweg aus diesen großen Schwierigkeiten gefunden hatte.

Er unterbreitete seinen Vorschlag dem erleichterten Justizminister, und damit konnte die Regierung vor dem Appellationsrichter das Gesetz so überzeugend auslegen, daß einen Monat nach Maxells Rückkehr das Urteil der niederen Instanz umgestoßen wurde.

»Und«, versicherte der Minister, »der Teufel mag es vor das Oberhaus bringen – er wird dennoch verlieren, dank Ihrem Geistesblitz, Maxell!«

Sie saßen rauchend im Kuppelsaal des Gerichtsgebäudes, nachdem die Entscheidung gefallen war.

»Wo haben Sie eigentlich Ihre Ferien verbracht?« fragte der Minister plötzlich.

»In Marokko«, erwiderte Maxell.

»In Marokko?« Der Minister nickte gedankenvoll. »Haben Sie etwas von Ihrem Freund Cartwright gehört?« fragte er.

»Wir wohnten in demselben Hotel«, entgegnete Maxell.

»Ein merkwürdiger Mensch«, sagte der Minister in Gedanken. »Ein sehr sonderbarer Mensch – was für einen Schatzkanzler könnte dieser Bursche abgeben!«

»So ist er mir eigentlich noch nie vorgekommen«, lächelte Maxell.

»Kennen Sie ihn näher – ich meine, sind Sie befreundet mit ihm?«

»Nein.« Maxell tat gleichgültig. »Ich kenne ihn eben – wie viele Juristen ihn kennen.«

»Sie haben doch nicht etwa Geschäfte mit ihm gemacht?«

»Nein.« Maxells Antwort kam sofort. Sie war eine wohlüberlegte Lüge, um vor den Augen seiner Freunde gut dazustehen. Er kannte Cartwrights Ruf nur allzu gut und wußte genau, was die Partei von ihm hielt, deren Mitglied er drei Jahre lang gewesen war. Cartwright war als Abgeordneter für einen Londoner Wahlkreis einmal zurückgetreten. »Geschäftsüberlastung«, hatte er als Grund angegeben, doch einige Leute behaupteten, daß er dem Druck der Fraktionsgenossen nachgeben mußte, die erfahren hatten, daß ein etwas unsauberer Fall vor Gericht zur Verhandlung stand, in dem Cartwright die Hauptrolle spielte.

Es gab keine Möglichkeit, diese Behauptung zu beweisen oder zu widerlegen, weil die Klage im letzten Augenblick zurückgezogen wurde. Liebe Mitmenschen behaupteten, daß es Cartwright ein kleines Vermögen gekostet habe, diese Zurückziehung durchzusetzen; daß eine der beteiligten Damen – sie spielte kleine Rollen im Hippoceus-Theater – ihre Bühnentätigkeit aufgab und seitdem herrlich und in Freuden lebte. Cartwright zuckte die Achseln über das Gerede und zog sich vom politischen Leben zurück.

»Das freut mich, daß Sie keine Geschäfte mit ihm machen«, sagte der Minister schlicht. »Er ist wirklich ein netter Kerl, und ich glaube, er ist so geradezu und tüchtig wie der beste Mann der Stadt. Aber er ist ein durchtriebener Bursche, ein bißchen –«, er zögerte, »eben nicht ganz fair. Sie verstehen mich, Maxell – oder soll man sagen, er ist ein bißchen angeschmuddelt?«

»Er ist sicherlich ein famoser Kerl«, meinte Maxell, dem nicht besonders viel daran lag, Cartwright gar zu heftig zu verteidigen.

»Sicherlich, sicherlich«, stimmte der Minister zu. »Alle derartigen Menschen sind famose Kerle. Wie schade, daß seine Begabung nicht in ruhigen Bahnen fließt, sondern wie eine brennende Rakete umherschwirrt, mal hier, mal dort und überall, und bei jeder Bewegung explodiert.«

Er rutschte vom Tisch herunter, auf dessen Ecke er gesessen hatte, und zog seinen Talar aus.

»Auf alle Fälle bin ich froh, daß Sie mit Cartwright geschäftlich nichts zu tun haben.«

Maxell machte keinen Versuch, dieser wiederholten Bemerkung auf den Grund zu gehen.

Er ging zurück nach Cavendish Square in seine Wohnung und traf dort ein kleines, großäugiges Mädchen, das an diesem Tag von Hindhead hierhergebracht worden war, um »Onkel Max« ihren monatlichen Besuch abzustatten.

Cartwright hatte seinen Freund aus guten Gründen nicht nach England begleitet. Ein großer Teil seiner Arbeit mußte in Paris getan werden, wo er wichtige finanzielle Verbindungen unterhielt. Er bewohnte eine Etage, von der aus man über die mächtige, aber nicht elegante Avenue de la Grande Armée hinwegsah. Seine Wohnung lag im unmodernen Teil dieser nicht endenwollenden Durchfahrtsstraße, wo die Miete billiger war und wo er außerdem unbeobachteter leben konnte, als wenn er seinem Stande entsprechend eine luxuriöse Etage dicht am Etoile gemietet hätte.

Cartwright war Vorsitzender und Generaldirektor des Londoner und Pariser Gold-Syndikats, eines florierenden Unternehmens, das große Aktienpakete und Goldminengesellschaften in verschiedenen Ländern besaß und drei eigene Minen kontrollierte. Obgleich die Gesellschaft ein bescheidenes Einkommen aus ihrem Johannesburger Besitz bezog, waren die Operationen doch nicht allein auf Goldgewinnung beschränkt. In Wirklichkeit betrieb sie Maklergeschäfte in großem Stil. Man spekulierte hoch und klug. Die Aktionäre erhielten selten weniger als 12½ Prozent Dividende, und es gab Jahre, in denen außerdem eine Prämie gezahlt wurde, die an Höhe der Aktien-Einlage gleichkam.

Es waren ungefähr hundertfünfzigtausend Aktionäre, meist kleine Leute, die die Spekulation einer sicheren Anlage vorzogen –

Landpfarrer, Ärzte und jene kleinen Spekulanten, die ängstlich am Rande der Hochfinanz leben. Die Aktien standen hoch über dem Nennwert, und Cartwrights Anteil brachte ihm jährlich eine ansehnliche Summe ein. Was den kleinen Spekulanten wahrscheinlich am meisten anzog, war die Tatsache, daß die Gesellschaft Reserven besaß, die in der Bilanz als respekteinflößende Zahlen figurierten. Und diese Reserven waren es, an denen die Gedanken der vier ruhigen Männer hingen, die sich zwanglos in dem Zimmer eines Pariser Hotels getroffen hatten.

Sie hatten sich zu dritt zusammengeschlossen, weil keiner von Cartwrights Teilhabern allein Auge in Auge mit ihm bestehen konnte.

»Es ist zu gefährlich, Mr. Cartwright«, begann Gribbler, dessen Nationalität unbestimmt war. »Unser Risiko ist sowieso schon sehr groß, und meiner Meinung nach können wir es uns nicht leisten, es noch größer werden zu lassen. Das Geld wird sicherlich gezeichnet und sogar überzeichnet, wenn Sie sich an das englische Publikum wenden.«

Cartwright runzelte die Stirn.

»Warum sollen wir denn nicht selbst den Profit einstecken?« fragte er. »Wir wollen doch ruhig die Reserven angreifen.«

»Die werden nicht angerührt«, unterbrach der vorsichtige Gribbler und schüttelte heftig den Kopf. »Auf Ehre, nein, die rühren wir nicht an. Denn eins ist sicher – die mageren Jahre kommen noch, und die Aktionäre wollen nach wie vor ihre Dividende haben.«

Cartwright ließ das Thema fallen. Es gab noch andere Möglichkeiten, um seinen maurischen Plan zu finanzieren: das Benson-Syndikat zum Beispiel.

Er erzählte beredt von diesem neuen Unternehmen, das sein Hauptquartier in Paris aufschlagen solle und somit immer den Blicken seiner skeptischen Mitdirektoren ausgesetzt sei. Fließend und leicht kamen Namen von seinen Lippen – Namen, die in der finanziellen Welt großes Gewicht hatten. Die drei Männer mußten zugeben, daß das Benson-Syndikat anscheinend eine sichere Sache sei.

Wichtiger jedoch war die Angelegenheit, die Alfred Cartwright eine Woche später zum Bahnhof St. Lazare führte, wo er jemanden abzuholen hatte.

Eine Dame sprang aus dem Zug, sah sich mit zweifelndem Gesicht um, das sich jedoch sofort aufhellte, als sie den mürrischen Cartwright erblickte.

»Mein Gott, bin ich froh«, sagte sie, »ich hatte schon Angst, Sie würden nicht hier sein, und ich besitze nur noch ein paar Pfund.«

»Haben Sie meine Depesche bekommen?« fragte er.

Sie lächelte und zeigte dabei zwei Reihen perlweißer Zähne.

»Ich bin noch ganz im unklaren«, sagte sie. »Was soll ich denn nun eigentlich in Paris tun?«

»Erst wollen wir essen, und dann werden wir reden«, sagte er. »Sie müssen ja hungrig sein.«

»Ich sterbe vor Hunger«, lachte sie.

Er hatte ein Auto warten lassen und fuhr mit ihr in eine kleine Straße, die vom Boulevard des Italiens abbiegt und in der sich eines der besten Restaurants von Paris befindet. Das Mädchen sah sich erstaunt um. Die Heiterkeit und der Luxus des Raumes gefielen ihr.

»Sagen Sie«, fragte sie neidisch, »nehmen Sie alle Tage Ihren Lunch hier ein?«

»Kennen Sie dieses Restaurant?« fragte er.

»Ich habe davon schon gehört«, gab sie zu, »aber bis jetzt ist ein billiges Mittagessen bei Duval das höchste der Gefühle für mich gewesen.«

Sie erzählte ihm, wie sie als Tänzerin nach dem Kontinent gekommen sei. In einem winzigen Kabarett auf dem Montmartre habe sie als eine der »flotten Schwestern Jones« geglänzt, ehe sie ein Impresario entdeckte, der für seine Mittelmeertournee ein Ensemble zusammenstellte und sie für dieses engagieren wollte.

Cartwright schätzte sie auf neunzehn Jahre, fand sie außerordentlich hübsch und glaubte, daß sie selbst in den besten Kreisen eine gute Figur machen würde. Mit einem grimmigen Lächeln dachte er daran, was Maxell, dieser strenge und wählerische Mann, sagen würde, wenn er wüßte, daß das Mädchen bei ihm in Paris war. Maxell war ein wenig puritanisch und in gewisser Weise sogar langweilig. Aber er war unentbehrlich. Er war ein glänzender Jurist und stand mit der Regierung auf gutem Fuß. Vielleicht kamen einmal Zeiten, in denen Maxell ihm nützlich sein würde. Cartwright konnte es sich gut leisten, dem Juristen einen kleinen Anteil von dem Gewinn zu geben, den er erwartete; denn Maxells Bedürfnisse waren gering und sein Ehrgeiz bescheiden. Cartwright dachte in Millionen. Maxell höchstens in fünfstelligen Zahlen. Wenn Cartwrights Plan Erfolg hatte, so konnte er diese fünfstellige Zahl leicht verschmerzen.

»Was ist denn mit Ihrem Freund los?« fragte das Mädchen, als ob es seine Gedanken erraten hätte. »Dem Mann, von dem ich mich fernhalten sollte? Warum darf er mich denn nicht sehen?«

Cartwright zuckte die Achseln.

»Ist das wirklich so wichtig? Er ist in England.«

»Wer ist es?« Sie war neugierig.

»Ach, ein Freund von mir.«

»Und wer sind Sie?« fragte sie und sah ihm prüfend ins Gesicht. »Wenn ich in Paris etwas für Sie tun soll, weiß ich nicht, ob für Smith, Brown oder Robinson. Sie sind gut zu mir gewesen, aber ich möchte doch wissen, für wen ich arbeiten soll und was für Arbeit Sie von mir verlangen.«

Cartwright duckte den Kopf – eine nervöse Angewohnheit, wenn er über etwas nachdachte.

»Ich habe geschäftlich hier zu tun.«

»Sie brauchen mich doch nicht etwa für ein Büro?« Sie sah ihn argwöhnisch an. »Mit meiner Bildung ist es nämlich nicht weit her.«

Er schüttelte den Kopf.

»Nein, für ein Büro brauche ich Sie nicht«, erwiderte er mit einem Lächeln. »Und doch ist es gewissermaßen Büroarbeit. Ich leite hier ein kleines Syndikat, das Benson-Syndikat. Benson ist mein Name –«

»Oder der Name, den Sie führen«, warf sie schnell ein.

Er lachte.

»Wie gescheit Sie sind. Na, ich denke, O'Grady wird auch nicht Ihr richtiger Name sein, wenn wir es darauf ankommen lassen.« Sie erwiderte nichts, und er fuhr fort: »Ich brauche jemanden in Paris, auf den ich mich verlassen kann; jemanden, der Geld für mich in Empfang nimmt, es an das Benson-Syndikat überweist und nach meiner Anweisung in Unternehmungen anlegt.«

»Und woher wissen Sie, daß ich Sie nicht bestehlen werde? Bis jetzt hat mir noch niemand Geld anvertraut.«

Er hätte ihr ja sagen können, daß sie nicht viel Geld auf einmal in die Hände bekommen und ständig beobachtet werden würde. Er zog es jedoch vor, seiner neuen Angestellten eine schmeichelhaftere Erklärung zu geben. Sie enthielt sogar ein Körnchen Wahrheit und drückte einigermaßen Alfred Cartwrights Überzeugung aus.

»Frauen sind ehrlicher als Männer. Ich würde es mir zweimal überlegen, ehe ich einen Mann – selbst meinen besten Freund – auf den Posten stellen würde, den ich Ihnen jetzt gebe. Es ist eine einfache Arbeit, und ich werde Sie gut bezahlen. Sie können in einem der besten Hotels wohnen – ja, das müssen Sie sogar. Sie können –«, er zögerte, »Sie können als Mrs. Benson, als reiche Engländerin, auftreten.«

Sie sah ihn mit erstaunten Augen an.

»Wie können Sie das von mir verlangen? Ich glaubte, Sie würden mir eine richtige Arbeit geben. Ich bin sehr ungeschickt in Geschäften.«

»Das macht nichts«, sagte er kühl, »Sie brauchen sich nur eine gewisse Routine anzueignen, und ich werde Ihnen die Sache so erklären, daß Sie kaum einen Fehler machen können. Es ist eine Beschäftigung, die Ihnen viel Zeit läßt, Ihnen ein gutes Einkommen, schöne Kleider und ein Auto verschafft. Na, werden Sie nun vernünftig sein und einschlagen?«

Sie dachte einen Augenblick nach, dann nickte sie.

»Wenn ich jeden Tag hier meinen Lunch nehmen kann, dann tue ich es«, sagte sie entschlossen.

So wurde das merkwürdige Benson-Syndikat gegründet, über das soviel geschrieben und noch mehr Theorien entwickelt wurden. Denn um die Wahrheit zu sagen, das Benson-Syndikat existierte erst von dem Augenblick an, in dem Cartwright es in Ciros Restaurant ins Leben rief. Er mußte sich mit der Gründung beeilen, weil fast stündlich aus London beunruhigende Telegramme kamen.

Wie gesagt, Cartwright hatte vielseitige Interessen. Auf dem Türschild seines Büros in der Victoria Street in London standen die Namen all der Gesellschaften, die ihren Sitz in der schmucken, von ihm bewohnten Etage hatten. Es waren da noch zwei weitere Büros in der Londoner City, für die Mr. Cartwright Miete bezahlte, allerdings nicht unter seinem Namen. Da gab es unzählige Syndikate und Gesellschaften, Grubensyndikate, Ausbeutungsgesellschaften, Finanz- und Minengesellschaften, die alle richtiggehend ins Handelsregister eingetragen waren und für die ein gemeinsamer Syndikus vollauf beschäftigt war; denn die Handelsgesetze sind vertrackt, und Cartwright war viel zu gescheit, um sich kleine Übertretungen zuschulden kommen zu lassen.

Und zu all diesen Gesellschaften gehörten Aktionäre; einige von ihnen gaben sich zufrieden, andere – die meisten – waren sehr ungehalten über den geringen Gewinnanteil, und wieder andere pflegten ihre Anteilscheine ihren Freunden als Kuriosität zu zeigen und ihnen die traurige Geschichte zu erzählen, wie man sie zur Beteiligung verführt hatte.

Nur ein sehr gescheiter Jurist, ein Spezialist für Handelsrecht, wäre hinter die winkelzügige Art von Cartwrights Finanzsystem gekommen. Da waren Anleihen der einen Gesellschaft bei der anderen, wobei häufig die Aktien einer dritten Gesellschaft als Sicherheit fungierten; da war ein System von prolongierten Wechseln, die zugunsten eines wackligen Familienmitgliedes ausgestellt waren und für die das Guthaben eines Mannes bürgte, der nach außen hin wohlhabend und vielleicht sogar zur Börse zugelassen war; und noch viele andere verwickelte Transaktionen, denen nur ein gewiegter Mathematiker folgen konnte.

Cartwright war ein reicher Mann und galt bei seinen Freunden als Millionär; aber er gehörte zu jenen Millionären, denen es zwar auf tausend Pfund nicht ankommt, die sich aber zehntausend schon schwer beschaffen können. Jetzt fuhr er nach London, sehr gegen seinen Willen, auf ein dringendes Telegramm hin.

Nachdem er die Schwierigkeiten überwunden hatte, mußte er Stunden seinen Privatangelegenheiten widmen, ehe er wieder nach Paris zurückkehrte.

Sein Sekretär brachte einen Haufen kleinerer Rechnungen, die bezahlt werden sollten. Als er sie durchging, hielt er erstaunt bei einem gedruckten Zettel inne.

»Das Schulgeld des Jungen ist ja im letzten Semester nicht bezahlt worden«, sagte er.

»Erinnern Sie sich nicht? Ich erwähnte es doch, als Sie das letztemal in London waren. Ich wollte schon auf eigene Verantwortung das Schulgeld bezahlen, wenn Sie jetzt nicht gekommen wären. Übrigens kommt der Junge heute her, Sir, es sollen ihm Anzüge angemessen werden.«

»Er kommt hierher?« fragte Cartwright interessiert.

»Jawohl.« Cartwright nahm die Rechnung in die Hand.

»T. A. C. Anderson«, sagte er. »Was bedeutet T. A. C. – etwa Trau-Allen-Chancen?«

»Ich dachte, er sei nach Ihnen benannt – Timothy Alfred Cartwright«, mutmaßte der Sekretär.

»Jaja, freilich.« Cartwright grinste. »Immerhin, Trau-Allen-Chancen ist kein schlechter Name für einen Buben. Wann kommt er?«

»Er müßte schon hier sein«, sagte der Mann und sah auf seine Uhr. »Ich werde einmal nachsehen.«

Er verschwand im äußeren Büro und kam sofort zurück.

»Der Junge ist da«, sagte er, »wollen Sie ihn sehen?«

»Bringen Sie ihn herein«, erwiderte Cartwright, »ich möchte mir diesen Neffen oder Vetter, oder was er sonst ist, wirklich einmal ansehen.«

Er dachte flüchtig darüber nach, was ihn wohl dazu veranlaßt haben mochte, die Verantwortung für ein Kind zu übernehmen, und sein unbestechliches Urteil nannte es persönliche Eitelkeit.

Die Tür öffnete sich, und ein Knabe schritt herein. »Schreiten« ist das einzige Wort, um die schnelle, energische Bewegung des helläugigen Burschen zu beschreiben, der unentwegt Cartwright ansah. Dieser betrachtete nicht den Anzug des Jungen, sondern die grauen, klaren Augen, den festen Mund, merkwürdig fest für einen vierzehnjährigen Knaben, und die ausdrucksvolle, nicht gerade sehr saubere Hand.

»Setz dich, mein Sohn«, sagte Cartwright. »So, du bist also mein Neffe.«

»Vetter, soviel ich weiß«, sagte der Knabe und betrachtete prüfend das Durcheinander auf Cartwrights Tisch. »Du bist doch Vetter Alfred, nicht wahr?«

»Soso, der Vetter bin ich? Ja, freilich, freilich«, lachte Cartwright amüsiert.

»Was ich sagen wollte«, fuhr der Junge fort, »ist das nicht die Schulgeld-Rechnung? Der Vorsteher ist schon mächtig geladen deswegen.«

»Geladen?« fragte Cartwright verwundert. »Das verstehe ich nicht.«

»Naja, verschnupft«, sagte der Junge ruhig. »Ärgerlich, wenn ich mich vornehm ausdrücken soll.«

Cartwright kicherte.

»Was möchtest du denn mal werden?« fragte er.

»Finanzmann«, sagte T. A. C. Anderson sofort. Er setzte sich, stützte die Ellbogen auf den Schreibtisch und den Kopf in seine Hand, wobei er kein Auge von Cartwright ließ. »Ich glaube, das ist ein weites Feld, die Finanzen«, sagte er dann. »Und ich bin eine große Nummer in Mathematik.«

»An welche Sparte der Finanzen denkst du denn?« fragte Cartwright lächelnd.

»An die Finanzen anderer Leute«, entgegnete der Knabe sofort, »an solche Geschäfte, wie du sie machst.«

Cartwright warf den Kopf zurück und lachte laut.

»Und du glaubst, du könntest zwanzig Gesellschaften zugleich in der Luft balancieren?«

»In der Luft?« Der Knabe runzelte die Stirn. »Ach, du meinst, daß alle zu gleicher Zeit florieren? Bestimmt! Auf jeden Fall, ich traue allen Chancen.«

Die Phrase verblüffte Cartwright.

»Traust allen Chancen? Das ist seltsam. Gerade ehe du hereinkamst, nannte ich dich Trau-Allen-Chancen Anderson.«

»Ach, so nennen mich alle«, warf der Knabe gleichgültig ein. »Weißt du, sie denken, wenn man solche Anfangsbuchstaben hat wie ich, dann müßten sie einem einen Spitznamen geben.«

»Du bist ein närrischer Kauz«, sagte sein Vetter. »Komm, wir wollen zusammen essen.«

4

Mr. Alfred Cartwright hatte die beneidenswerte Fähigkeit, alle Angelegenheiten und Personen, die ihm peinlich waren, aus seinem Gedächtnis zu verbannen. Dieses Talent ermöglichte es ihm ebenso, die Erinnerung an Verpflichtungen, mochten sie angenehm oder unangenehm sein, auszulöschen.

Er hatte London kaum verlassen, als der junge T. A. C. Anderson schon in Vergessenheit geraten war. Sicherlich hatte er ganz vage darüber nachgedacht, wie er die Zukunft seines Vetters sicherstellen könne; aber er war so ausschließlich mit seinen eigenen Plänen beschäftigt, daß für beides kein Platz in seinem Kopf war – und Trau-Allen-Chancen Anderson mußte zurückstehen.

Cartwright erreichte Paris mit dem Abendzug und fuhr direkt in die Wohnung, die er für seinen neuen Schützling gemietet hatte. Sadie O'Grady hatte sich in einer sehr bequemen Etage auf der weniger vornehmen Seite der Seine eingerichtet und begrüßte ihn erleichtert. Sie zweifelte noch immer etwas an den guten Absichten ihres Bekannten. Aber da er ihr keine Liebeserklärung machte, sondern im Gegenteil erklärte, daß die Rolle, die sie in seinen Plänen spielen solle, rein geschäftlich sei, fand sie sich schließlich mit diesem Verhältnis ab, das, gelinde gesagt, seltsam war. Sie hatte in der dritten Etage auf einem der Boulevards ein Büro eingerichtet, in dem sie sich unbehaglich und fremd fühlte. Allerdings gab es keinen Anlaß zu Konflikten, denn außer ihr war kein Personal vorhanden, und die Besucher bestanden einzig und allein aus dem Briefträger und dem Hausmeister, der gleichzeitig die Büroreinigung übernommen hatte.

Sie mußte jedoch erfahren, daß ihre tägliche Anwesenheit im »Büro« nicht ihre einzige Pflicht darstellte, sondern daß Cartwrights Anforderungen darüber hinausgingen.

Erst nachdem sie an jenem Abend diniert hatten, machte Cartwright ihr neue Enthüllungen.

»Sadie, meine liebe Freundin«, begann er und zog dabei an seiner Zigarre, »jetzt werde ich Ihnen sagen, was ich eigentlich von Ihnen will.«

»Ich dachte, das wüßte ich schon«, sagte sie vorsichtig lächelnd.

»Ganz werden Sie nie wissen, was ich von Ihnen will«, bekannte er offen, »immer nur so viel, wie ich Ihnen sage. Also, jetzt werde ich Ihnen mal die Sache klarmachen. Sie sind Schauspielerin, und ich kann zu Ihnen offener sprechen als zu irgendeinem zimperlichen Mädel. Ich brauche nur Ihre Arbeitsleistung. Und die Dienste, die ich von Ihnen verlange, können Sie mir ohne Zögern erweisen.«

Sie war sehr neugierig, was nun kommen würde.

»Ich werde Ihnen etwas erzählen, was wichtiger ist als mein Name, den Sie so gerne wissen wollten. In dieser Stadt lebt ein Mann, an den ich unbedingt herankommen muß.«

»Wie meinen Sie das?« fragte sie argwöhnisch.

»Der Mann hat es in seiner Macht, mich zu ruinieren – er ist ein Trunkenbold, ein Mensch ohne Hirn und Phantasie.«

Er erklärte ihr kurz, daß er eine Gesellschaft gegründet habe und daß er an einer Mine in Marokko interessiert sei, die man aber noch nicht gefunden habe.

»Darum also waren Sie dort«, sagte sie kopfnickend.

»Allerdings. Unglücklicherweise läuft gerade durch den Grund und Boden, den ich gekauft oder auf dem ich mir die Bergbaurechte gesichert habe, ein Landstreifen, der diesem Mann gehört. Er ist Spanier – sprechen Sie Spanisch?«

»Ein wenig, aber schon sehr wenig!«

»Das macht nichts.« Cartwright schüttelte seinen Kopf. »Er spricht sehr gut Englisch. Nun ist dieses Land für den Mann absolut wertlos; trotzdem war jeder Versuch, es ihm abzukaufen, erfolglos. In dem Augenblick aber, wo ich eine Gesellschaft flottmachen will, ist es dringend notwendig, daß seine Besitzrechte in meine Hand übergehen.«

»Wie heißt er?«

»Brigot.«

»Brigot?« wiederholte Sadie O'Grady gedankenvoll. »Mir ist, als hätte ich den Namen schon gehört.«

»Er kommt in Frankreich ziemlich häufig vor, in Spanien allerdings weniger.«

»Und was soll ich tun?«

»Ich werde Sie irgendwie bei ihm einführen. Er ist ein Mann, der ein Kennerauge für Schönheit hat, und wenn ein gescheites Mädel ihn in die Hände nimmt, so kann sie ihn um den Finger wickeln.«

Das Mädchen nickte.

»Ich weiß, was Sie meinen, aber nicht, was ich tun soll.«

»Abwarten! Ich habe Ihnen gesagt, daß ich diesen Besitz erwerben muß. Ich ziehe Sie in mein Vertrauen, und ich weiß, daß Sie es achten werden. Dafür bin ich gewillt, jede vernünftige Summe zu zahlen. Ich verlange nicht, daß Sie stehlen oder ein persönliches Opfer für mich bringen. Ich will es mich etwas kosten lassen und werde schwer zahlen.«

»Was nennen Sie schwer zahlen?« fragte das Mädchen kalt.

»Für das Land zwanzigtausend – für Sie zehntausend Pfund«, schlug Cartwright vor.

Das Mädchen nickte.

»Das läßt sich hören. Nun rücken Sie mit Ihrem Plan heraus.«

»Mein Plan ist folgender: Señor Brigot wird Sie für eine reiche junge Amerikanerin halten, die den Winter in Marokko verbracht hat – das arrangiere ich schon. Zu seinem Besitztum gehört ein kleiner, bewaldeter Hügel – eine der reizvollsten Gegenden dieser Art im Angera-Land. Von diesem Hügel müssen Sie schwärmen, niemals aufhören, von seiner Schönheit und seinem Reiz zu reden; und Sie müssen ihm beibringen, daß Sie alles in der Welt darum geben würden, um mitten in dieser schönen Landschaft ein Haus bauen zu können – verstehen Sie mich?«

Das Mädchen nickte wieder.

»Brigot ist ein Mann, der weiblichen Reizen schnell unterliegt«, fuhr Cartwright fort, »und wenn ich nicht sehr irre, wird er Ihnen in einer zärtlichen Laune das Land zu einem Spottpreis anbieten – zumal er in seiner Hoffnung, dort Gold zu finden, bitter enttäuscht worden ist.«

»Mir paßt das nicht«, sagte plötzlich das Mädchen nach einigem Nachdenken. »Sie versprachen, mir in Paris eine Anstellung an einem Theater zu verschaffen. Darauf allein bin ich versessen – es ist das einzige, wozu ich passe. Das andere Geschäft scheint nicht sehr anständig zu sein –«

»Und die zehntausend Pfund –«, murmelte Cartwright.

»Sind ein Haufen Geld«, gab das Mädchen zu. »Aber wie komme ich aus dieser Geschichte einmal heraus? Hoffnungslos kompromittiert!«

»Mein liebes Mädel –« Cartwright zuckte die Achseln und lächelte mißbilligend. »Mein liebes Mädel –«

»Warten Sie einen Augenblick, wir wollen uns doch klipp und klar verstehen. Sie erwarten doch wahrscheinlich nicht, daß ich gleich beim erstenmal auf Señor Brigot losgehe – und wohl auch beim zweitenmal noch nicht – und zu ihm sage: ›Sie haben da einen reizenden Besitz. Für wieviel wollen Sie ihn verkaufen?‹ Sie glauben doch wohl selber nicht, daß man die Verhandlungen auf diese Weise führen kann?«

»Eigentlich nicht«, gab Cartwright zu.

»Es ist schon ein bißchen schwieriger, als Sie es darstellen«, sagte Sadie. »Es bedeutet Diners und Soupers, ich muß mir die Hände von ihm drücken lassen und ihm um den Bart gehen. Und wenn alles erreicht ist – wie stehe ich da? Ich habe ebensoviel Rücksicht auf meinen Namen zu nehmen wie Sie auf den Ihren, Herr Geheimniskrämer. Ich will aus dieser Geschichte ebensogut herauskommen wie Sie. Ich will nicht auf meinem Namen herumtrampeln lassen und in Paris – wie sagt man doch – als Lockvogel gelten. Ich will wirklich alles für Sie tun, um Ihnen gefällig zu sein; denn Sie sind mir sympathisch, und Sie sind gut zu mir gewesen. Aber das heißt nicht, daß ich mich so billig hergebe, um nachher in der Tinte zu sitzen. Verstehen Sie, was ich meine?«

»Vollkommen«, erwiderte Cartwright. Die kühle Sachlichkeit dieses Mädchens erstaunte ihn. Er hätte ihr solche Überlegungen nicht zugetraut. Er war gereizt und zu gleicher Zeit ein wenig amüsiert.

»Wenn Sie sagen, Sie wollen mir zehntausend Pfund geben«, fuhr sie fort, »so klingt das gut. Aber nicht gut genug. Ich habe da so ein Gefühl, als wäre die Angelegenheit viel wichtiger für Sie, als Sie zugeben.«

»Na, wie wichtig denn?« hänselte Cartwright.

»So wichtig, daß es Ihr Ruin sein kann. Und ich glaube, daß Sie jeden Preis bezahlen werden, um dieses Land zu bekommen. Sonst könnten Sie ja zu dem Mann hingehen oder wie gewöhnlich die

Sache durch Ihren Anwalt regeln lassen. Nein, ich will Ihre zehntausend Pfund nicht, aber ich werde Ihnen einen Vorschlag machen. Ich habe gesagt, daß ich Sie gern habe, und das ist durchaus wahr. Sie erklärten mir, daß Sie Junggeselle seien, und auch ich erzählte Ihnen, daß ich noch nicht gebunden bin. Ich behaupte nicht, daß ich Sie liebe, und ich schmeichle mir auch nicht, daß Sie mich lieben. Aber wenn Sie wollen, daß dieser Plan gelingt, dann müssen Sie auch den Preis dafür bezahlen –«

»Und der wäre?« fragte Cartwright neugierig.

»Sie müssen mich heiraten!«

»Wa – was?« Cartwright japste vor Verwunderung. Dann fing er zu lachen an, zuerst leise und dann, als die Komik der Situation ihn überwältigte, so laut, daß die anderen Gäste des Café Scribe sich nach ihm umsahen.

»Was für eine Kateridee! Aber –«

»Aber?« wiederholte sie und ließ kein Auge von ihm.

Er nickte ihr zu.

»Abgemacht!«

Sie sah ihn an, als sie ihm die Hand entgegenstreckte und die seine ergriff. Dann schüttelte sie bedächtig den Kopf.

»Wahrhaftig! Sie müssen das Land dieses Burschen verflucht nötig brauchen!«

Cartwright fing wieder zu lachen an.

Señor Brigot lebte auf ziemlich großem Fuße für einen Menschen, der am Rande des Ruins steht. Ein kleines Haus in der Maison Lafitte und eine Etage auf dem Boulevard Weber gehörten ihm. Er war ein gewichtiger, müde aussehender Mann, und sein dunkler Vollbart war offensichtlich gefärbt. Señor Brigot hatte wie Mr. Cartwright viele Interessen, aber sein Hauptinteresse war, nach seinem Geschmack zu leben und seinen Liebhabereien nachzugehen. So brüstete er sich damit, daß er – obgleich er seit zwanzig Jahren in Paris lebte – diese Stadt niemals zwischen sechs Uhr morgens und ein Uhr nachmittags gesehen habe. Seine Frühstücksstunde war zwei Uhr. Um sechs Uhr abends fing er an, sich für das Leben zu interessieren; und wenn die meisten Menschen sich zur Ruhe begaben, fing für ihn der Tag an.

Da geschah es eines Abends, daß Señor Brigot – der sonst in friedlichster Gemütsstimmung seine Mahlzeit einzunehmen pflegte – sich mit dicken Runzeln auf der Stirn auf seinen Lieblingsplatz bei Abbaye setzte und das fröhliche »Guten Abend« des höflichen Maître d'hôtel nur mit einem Brummen beantwortete.

Zu seinen vielen Unternehmungen und wenigen Besitztümern gehörte auch – und das wußte Cartwright leider nicht – ein kleines, baufälliges Theater in Tanger. Außerdem war er noch an verschiedenen Kabaretts in Spanien interessiert. Aber was ihn in diesem Augenblick ärgerte, waren nicht etwa schlechte Nachrichten von diesen Unternehmungen, sondern ein sechs Seiten langer Brief seines Sohnes, den er an diesem Nachmittag erhalten hatte und in dem sein hoffnungsvoller Sprößling ihm die Gründe auseinandersetzte, warum er ohne Verzug einen sehr notwendigen Angestellten weggeschickt habe. Deshalb fluchte Señor Brigot leise vor sich hin und verwünschte seinen Erstgeborenen.

Gleichzeitig mit dem Brief war José Ferreira angekommen, der sich eine Woche lang in Madrid aufgehalten hatte. Señor Brigot dachte gerade an José Ferreira, als sich dieser Ehrenmann mit einem entschuldigenden Schmunzeln, als ob er sich der Schäbigkeit seines Abendanzugs bewußt sei, auf einen Stuhl an der gegenüberliegenden Seite des Tisches gleiten ließ. Señor Brigot starrte ihn einen Augenblick lang an. Ferreira rutschte unbehaglich auf seinem Stuhl herum.

»Wenn Sie mir telegrafiert hätten, dann hätte ich die Sache schon ins reine gebracht«, sagte Brigot schließlich, als setzte er eine Unterhaltung fort, die er vor ein paar Minuten abgebrochen hatte. »Statt dessen kommen Sie, blöd wie Sie sind, direkt nach Paris, vergeuden Ihre Zeit in Madrid, und der erste, von dem ich die Geschichte höre, ist mein Sohn.«

»Es war zum Verzweifeln«, murmelte José, »aber Don Brigot –«

»Don Brigot!« höhnte der Vater dieses Biedermannes. »Don Brigot ist ein Affe. Warum kümmerten Sie sich um ihn? Haben Sie in Tanger nichts Besseres zu tun, als auf diesen Flohzirkus aufzupassen? Haben Sie keine anderen Pflichten?«

»Der junge Herr war so aufgebracht«, murmelte José. »Er verlangte von mir, daß ich abfahren solle. Was konnte ich da tun?«

Brigot murmelte etwas Beleidigendes. Ob es auf seinen Sohn oder auf Ferreira gemünzt war, konnte man schwer sagen. Ferreira bezog es zunächst einmal auf sich.

Nachdem er das halbe Dinner verzehrt hatte, wurde Brigot menschlicher.

»Der Frauen wegen wird es immer Streit geben, mein guter José, und Ihre Sache ist es, diplomatisch zu sein. Mein Sohn ist ein Dummkopf. Freilich sind alle jungen Leute Dummköpfe. Warum sollen aber Sie meine Geschäfte vernachlässigen, weil Emanuel sich dümmer benimmt als je? Schon in dieser Woche wollte ich mit dem Vertreter eines reichen Syndikats, das mein Land kaufen will, nach Tanger fahren.«

»Der gleiche Herr, der schon einmal kaufen wollte?« fragte José interessiert. Er war nicht nur Direktor des Theaters in Tanger, sondern auch Vertreter der eingerosteten kleinen Goldminen-Gesellschaft, die Brigot gegründet hatte.

Der andere nickte.

»Derselbe verdammte Engländer«, sagte er.

Obgleich er keine Ahnung hatte, daß sein Herr denselben Mann verfluchte, den José erst vor kurzer Zeit in die Hölle gewünscht hatte, lächelte der kleine Mann mitfühlend.

»Ich kann die Engländer auch nicht ausstehen«, sagte er. »Mit welcher Unverschämtheit sie uns behandeln!«

Einige Zeitlang saß Señor Brigot schweigend da; dann wischte er sich den Mund mit der Serviette ab, goß ein Glas Rotwein hinunter und winkte seinem Begleiter, näher zu ihm zu rücken.

»In ein oder zwei Tagen werde ich Sie nach Tanger zurückschicken.«

»Zum Theater?« fing José an.

»Ach Unsinn, zum Theater!« rief der andere verächtlich. »Ein Eseltreiber soll meinetwegen das Theater besorgen! Es handelt sich um die Mine!«

»Die Mine?« wiederholte Ferreira ziemlich erstaunt. So lange war es her, daß ein Spatenstich den Boden aufgerissen hatte, so lange schon waren die Hoffnungen Brigots augenscheinlich tot gewesen, daß man sogar das Wort »Mine« nie mehr gebraucht hatte, wenn man von dem Besitztum sprach.

»Mein Engländer wird sie kaufen. Ich habe zufällig erfahren, daß er den Grund in der Nachbarstadt aufgekauft hat, und er hat mir auch schon ein Angebot gemacht. Aber was für ein Angebot! Er soll meinen Preis bezahlen, José!« Er stocherte in den Zähnen. »Und das wird ein hoher Preis sein, weil es absolut nötig ist, daß ich zu Geld komme.«

José fragte nicht nach dem Preis, sein Brotherr enthob ihn dieser Mühe.

»Fünf Millionen Pesetas. Zu diesem Preis werde ich das Land verkaufen, immer vorausgesetzt, mein Freund, daß wir nicht vor dem Verkauf Gold entdecken.«

José lächelte schwach, und das schien seinen Herrn zu ärgern.

»Sie sind ein Dummkopf«, fuhr ihn Brigot gereizt an. »Sie haben kein Hirn. Sie halten das für eine irrsinnige Summe? Warten wir ab!«

Als sein Herr das Dinner beendet hatte, wurde José unnachsichtig fortgeschickt. Brigot hatte einige Besuche zu machen, und wenn er sich auch mit dem kleinen Mann beim Dinner unterhalten konnte, ohne seiner gesellschaftlichen Stellung zu schaden, so hatte er doch keine Lust, ihn auf seinen Wegen mitzunehmen.

Wieder war es bei Abbaye, zu jener goldenen Stunde, da der Preis der Weine in die Höhe klettert und das eleganteste Paris sich im großen Saal drängt, als Señor Brigot, der sich bereits im Zustand leutseliger Herzlichkeit befand, eine zauberhafte Vision hatte. Brigot erblickte das Mädchen und ihren Kavalier, einen wohlbekannten Lebemann, an einem der Nachbartische. Dieser fing seinen Blick auf und ging auf ihn zu.

»Wer ist Ihre reizende Begleiterin?« flüsterte Brigot, dessen Fehler, wie Cartwright richtig vermutet hatte, eine Schwäche für hübsche Frauen war.

»Eine amerikanische Witwe, die gerade aus Marokko kommt.«

Cartwright hatte sich in Brigot nicht getäuscht. Schon wenige Minuten später war Brigot an den andern Tisch hinübergegangen; er setzte sich, wurde vorgestellt und befand sich bald in jenem angenehm durchglühten Gemütszustand, der einen Mann seiner Art überkommt, wenn er Eindruck gemacht zu haben glaubt.

Diese ›amerikanische Witwe‹ mit ihrem drolligen, gebrochenen Französisch, ihren schönen Augen und jener reizvollen Vornehmheit, die am besten zu schönen Kleidern paßt, war interessanter als irgendeine Frau, die er jemals getroffen hatte – das konnte er beschwören.

Die Freundschaft zwischen den beiden machte täglich größere Fortschritte, und der Einfluß, den Sadie auf Brigot ausübte, war so stark, daß man den erklärten Nachtschwärmer bald zu den ungewöhnlichsten Stunden unterwegs antreffen konnte.

Der geduldige José Ferreira war in einer Mission nach Madrid geschickt worden, teils weil Brigot es müde war, ihn immer um sich herumlungern zu sehen, teils weil in Madrid wirklich ein Geschäft abzuwickeln war.

Nach einer Reihe von Tagen erstattete Sadie ihrem Arbeitgeber Bericht über die Fortschritte, die sie erzielt hatte.

»O ja, er ist verrückt genug nach mir. Aber ich werde auch ein bißchen verrückt dabei. Wie lange soll denn das noch weitergehen?«

»Vielleicht noch eine Woche«, schlug Cartwright vor und lächelte beifällig, als das hübsche Gesicht sich verdüsterte. »Haben Sie schon darüber gesprochen, daß Sie an seinem Landbesitz einen Narren gefressen haben?«

Sie nickte.

»Er wollte es mir auf der Stelle schenken. Aber Sie wissen ja selbst, wie diese Spanier sind. Wenn ich das angenommen hätte, so würde er mich vor die Tür gesetzt haben.«

»Sehr richtig«, stimmte Cartwright zu. »Man darf bei ihm den Bogen nicht überspannen. Hat er etwas über andere Angebote erwähnt, die er bekommen hat?«

Sadie nickte.

»Er sprach von Ihnen«, sagte sie; »er nannte Sie Benson – ist das Ihr wirklicher Name?«

»Er ist gut genug.«

»Es ist merkwürdig«, grübelte sie und sah ihn gedankenvoll an, »daß ich niemals einen Freund von Ihnen in Paris treffe und daß niemand Sie richtig kennt – ich meine, mit Namen. Ich bin zu Ihrer Wohnung in der Avenue de la Grande Armée gegangen«, bekannte sie offen, »und habe mich beim Hausmeister nach Ihnen erkundigt. Auch dort sind Sie Mr. Benson.«

Cartwright kicherte.

»In meinem Geschäft«, sagte er, »muß man verschwiegen sein. »Der Name, der für London angängig ist, ist für Paris nicht gut genug, und umgekehrt«, fügte er hinzu.

»Sie sind ein seltsamer Mann. Wenn Sie mich nun unter dem Namen Benson heiraten, wird das gesetzlich gültig sein?« fragte sie zweifelnd.

»Selbstverständlich ist das gültig. Ich wundere mich, daß ein Mädchen von Ihrer Intelligenz überhaupt solche Fragen stellt«, sagte Cartwright. »Welches Programm haben Sie für heute abend?«

Sie verzog ein wenig das Gesicht.

»Zu Merigny zu gehen und das Souper bei Corbet zu nehmen – in einem extra reservierten Speisezimmer.«

Er nickte.

»Also so weit ist es schon gekommen? Nun, heute abend müssen Sie Ihre Sache gut machen, Sadie. Denken Sie daran, ich will bis zu fünfzigtausend Pfund hinaufgehen. Es wird ein schweres Stück Arbeit sein, dieses Geld aufzutreiben, und es wird mir das Herz brechen, wenn ich es bezahlen muß. Aber es würde nicht nur mein Herz brechen, sondern mich auf immer bankrott machen, wenn ich dem Mann seinen Preis bezahlen müßte – und kaufen muß ich den Grund.«

»Ich will tun, was in meinen Kräften steht. Aber Sie müssen sich klar darüber sein, daß es harte Arbeit sein wird.«

Am nächsten Tag um ein Uhr saß Cartwright lesend in seinem Zimmer, als es an die Tür klopfte und Sadie hereinkam. Sie war in einem fast hysterischen Zustand, aber in ihren Augen lag ein triumphierendes Leuchten.

»Ich hab's!« rief sie.

»Sie haben es?« fragte er verwundert. »Sie wollen doch nicht etwa sagen, daß er verkauft hat?«

Sie nickte.

»Für zehntausend Pfund! Was sagen Sie nun zu Ihrer kleinen Sadie?«

»Reden Sie im Ernst?«

Sie bejahte lächelnd.

»Was hat er denn . . .?« fing er an.

Sie zögerte und schloß ihre Augen.

»Darüber wollen wir lieber nicht reden. Ich soll ihn morgen bei seinem Anwalt treffen, dann wird der Besitz auf mich überschrieben werden.«

»Und dann?«

Sie lächelte grimmig.

»Das Nachspiel wird nicht so angenehm sein, wie Señor Brigot sich das einbildet. Ich sage Ihnen, der Bursche ist verrückt nach mir, total verrückt. Ich fühle, daß er mich töten könnte, wenn er merkt, daß ich ihn verraten und verkauft habe.«

»Darüber lassen Sie sich nur keine grauen Haare wachsen.« Cartwright schnippte die Asche seiner Zigarette leichthin auf den Boden.

5

Er begleitete das Mädchen zum Auto und ging wieder in sein Zimmer, um nachzudenken. Es war merkwürdig, daß in dieser Stunde, da die größte Sorge sich zu verflüchtigen schien, seine Gedanken sofort zu Maxell wanderten. Was würde der zimperliche Maxell sagen, wenn er das alles wüßte? Er war ganz sicher, daß Maxell seine Handlungsweise nicht nur mißbilligen, sondern sofort, ohne einen Ton darüber zu sprechen, mit dem abenteuerlichen Gesellschaftengründer brechen würde. Maxell würde außer sich, aufs äußerste erschreckt sein. Cartwright lächelte bei diesem Gedanken.

Er machte sich über seine Handlungsweise keine Illusionen. Er wußte, daß er ein mehr als faules Spiel spielte, und wollte nicht daran denken. Maxell war ein Tugendbold, den man zwar nötig brauchte, der aber nichtsdestoweniger recht dünkelhaft war. Auf keinen Fall jedoch war er für Cartwright entbehrlich. Wenn der Plan gelang, mußte auch Maxell dafür gewonnen werden.

Cartwright hatte seine finanziellen Möglichkeiten fast überspannt, und seine ganze Zukunft war an den Erfolg oder Fehlschlag des neuen Unternehmens gekettet. Er hatte seinen Kredit bis aufs äußerste ausgenutzt, um den Grund und Boden in Angera zu kaufen; denn er wußte, dort gab es Gold. Das waren Aussichten, wie sie noch kein Plan vorher geboten hatte.

Deshalb hatte er seine anderen Gesellschaften bis zum letzten Penny ausgepumpt und mit den Reserven spekuliert; mit allen, außer mit denen der Anglo-Pariser Finanzgesellschaft, deren Direktoren zu strenge Ansichten hatten. Ohne daß Maxell etwas davon gemerkt hatte, hatte sein ›Partner‹ phantastische Summen ausgegeben, nicht allein für den Landerwerb, sondern auch für den Kauf der anderen Goldminen, die dort lagen. Es war ein Spiel, und zwar ein gefährliches Spiel. Er riskierte sein ganzes Vermögen für einen eventuellen Erfolg, der dann allerdings zu unbegrenztem Reichtum führen mußte.

Aber war es denn ein Risiko? fragte er sich. Der Landbesitz, der zu seiner neuen Gesellschaft ›Vereinigte Goldminen Nordmarokkos‹ gehörte, ließ das Resultat des öffentlichen Aktienverkaufs nicht zweifelhaft erscheinen. Das britische Publikum liebte Spekulationen über alles und die Spekulation in Goldminen, die so geheimnisvoll und ungewiß war, mehr als alle andern.

Er ging spät zu Bett. Schon vor neun Uhr morgens nahm er seine Schokolade und wartete dann vor einem kleinen Café auf dem Boulevard. Um halb zehn traf ihn Sadie.

Cartwright hatte geschwankt, ob er sein Frühstück draußen oder innen im Café nehmen sollte. Da es ein strahlend warmer Morgen war, hatte er sich unter das Zeltdach gesetzt, wo er den Blicken der Vorübergehenden ausgesetzt war.

Kaum hatte Sadie sich ihm gegenübergesetzt, als ein Fußgänger, der auf der anderen Seite des Boulevards vorüberging, stehenblieb und herüberstarrte. Señor Ferreira hatte scharfe Augen und einen Verstand, der trotz seiner eintönigen Beschäftigung noch nicht ganz abgestumpft war.

Cartwright zog gerade ein umfangreiches Paket aus der Tasche und legte es vor Sadie auf den Tisch.

»Stecken Sie das in Ihre Handtasche und seien Sie vorsichtig damit. Es sind zehntausend Pfund in Banknoten. Sobald das Besitztum auf Sie überschrieben ist, bringen Sie mir die Urkunde.«

»Und was ist mit Ihrem Versprechen?« fragte sie argwöhnisch.

»Das werde ich halten. Vergessen Sie nicht, daß Sie die beste Garantie haben, da das Land ja auf Ihren Namen überschrieben wird. Gesetzlich ist es Ihr Eigentum, bis Sie es mir übertragen haben.«

Sie saß da und betrachtete abwesend das Paket. Dann sagte sie: »Sie müssen mich sofort aus Paris wegbringen. Sonst muß ich mit dem Südexpreß abfahren – mit Brigot.«

Er nickte.

»Um zwei Uhr fünfzehn geht ein Zug nach Le Havre.«

Als er sie an ihren Wagen brachte und aus dem Schatten des Zeltdaches heraustrat, bot er dem Beobachter auf der anderen Seite der Straße seinen vollen Anblick.

Brigot wartete bereits auf Sadie – ein trübäugiger, müde aussehender Mann, dessen Hand zitterte, wenn er sie erhob, um sich über den spitzen Bart zu streichen.

Sein Anwalt beobachtete ihn neugierig, als er dem Mädchen mit ausgestreckten Händen entgegenging. Er erlebte es nicht zum erstenmal, daß sein Klient sich von einem hübschen Gesicht übertölpeln ließ.

»Alles ist bereit, Mabel«, frohlockte der eifrige Señor Brigot. (Mabel war der neue Name, den Sadie O'Grady für dieses Abenteuer führte.) »Da sind alle Dokumente!«

»Und hier ist das Geld«, erwiderte sie lächelnd und legte das Paket auf den Tisch.

»Das Geld!« Señor Brigot tat solch schmierige Angelegenheiten mit einer Handbewegung ab. »Was ist Geld?«

»Zählen Sie es!« bat das Mädchen.

»Das werde ich nicht tun. Als Ehrenmann verletzt es mich, über Geld zu reden, im Zusammenhang mit –«

Aber sein Anwalt hatte kein solches Feingefühl. Er streifte die Schnur von dem Paket und war nun damit beschäftigt, die Banknoten zu zählen. Als er fertig war, legte er sie auf das Schreibpult.

»Kann ich Sie einen Augenblick sprechen, Señor?« fragte er.

Brigot, der ihre Hand festhielt und sie dabei verliebt ansah, drehte sich ungeduldig um.

»Nein, nein! Die Urkunde, mein Freund, die Urkunde! Geben Sie mir eine Feder.«

»Da ist ein Punkt in dem Vertrag, über den ich noch mit Ihnen reden muß.« Der Anwalt blieb fest. »Wenn die Dame uns einen Augenblick entschuldigen will –« Er öffnete einladend die Tür seines Privatbüros, und Señor Brigot folgte ihm mit einem Achselzucken.

»Ich habe Ihnen bereits gesagt, Señor Brigot«, begann der Anwalt, »daß ich Ihre Handlungsweise für unklug halte. Sie geben da einen Besitz her für eine Summe, die weniger als ein Viertel seines wirklichen Wertes ausmacht, und noch dazu an eine Ihnen gänzlich unbekannte Dame –«

»Herr Advokat«, Brigot wurde gravitätisch, »Sie sprechen von einer Dame, die mir teurer ist als mein Leben!«

Der Anwalt verbarg mühsam ein Lächeln.

»Ich habe schon öfter mit Ihnen über Damen gesprochen, die Ihnen teurer waren als Ihr Leben. Aber in diesen Fällen war wenigstens keine Eigentumsübertragung damit verbunden. Was wissen Sie denn von dieser Dame?«

»Ich weiß nichts anderes, als daß sie anbetungswürdig ist. Wenn sich meine Frau nicht so hartnäckig weigern würde, zu sterben oder sich von mir scheiden zu lassen, würde ich alles daransetzen, um diese Dame zu heiraten. So aber ist es eine Freude für mich, ihr das Stück Land zu geben, auf dem sie eine Villa bauen wird, die mein prächtiges Tanger überragt. Ich werde sehr bald nach Tanger fahren, um andere Angelegenheiten zu ordnen, und dann werde ich wissen, daß ihre beglückende Gegenwart –«

Der Anwalt streckte abwehrend seine Hände aus.

»Da ist also nichts zu machen. Ich wollte Ihnen nur sagen, daß Sie wertvolles Eigentum an eine Dame übertragen, die Ihnen verhältnismäßig unbekannt ist, und es erscheint mir reichlich unklug und leichtsinnig, dies zu tun.«

Sie kehrten in das äußere Zimmer zurück, in dem das Mädchen stehengeblieben war und nervös den Seidenbeutel in ihrer Hand herumwirbelte.

»Hier ist die Urkunde, gnädige Frau«, sagte der Anwalt zu ihrer großen Erleichterung. »Hier wird Señor Brigot unterzeichnen –«, er deutete auf eine Zeile, »und hier Sie. Ich werde die Unterschriften beglaubigen lassen und eine Abschrift der Urkunde zur Protokollierung einreichen.«

Sie setzte sich an den Tisch, und ihre Hand zitterte, als sie die Feder ergriff. In diesem Augenblick stürzte José Ferreira ins Zimmer.

Als er sie am Tisch erblickte, blieb er mit offenem Mund stehen. Er versuchte zu sprechen, aber der Laut blieb ihm in der Kehle stecken. Dann schritt er, von den Blicken seines Brotherrn durchbohrt, vorwärts.

»Diese Frau – diese Frau!« keuchte er.

»Ferreira«, schrie Brigot mit schrecklicher Stimme, »Sie sprechen von einer Dame, die meine Freundin ist.«

»Sie – sie –« Der Mann deutete mit zitterndem Finger auf sie. »Sie ist ja die Frau, die uns davonlief! Die Frau, von der ich Ihnen erzählte, die mit einem Engländer aus Tanger verschwand!«

Brigot starrte von einem zum andern. »Sie sind verrückt!«

»Sie ist es«, kreischte Ferreira, »und der Mann ist auch in Paris. Ich sah sie heute morgen zusammen im Café Furnos! Der Mann, der in Tanger war, von dem ich dem Señor erzählte, und das ist die Frau, Sadie O'Grady!«

Brigot sah das Mädchen an. Wäre sie gewarnt worden, so hätte sie sich vielleicht verstellen und die Angelegenheit mit einigen hochfahrenden Worten abtun können. Aber die Plötzlichkeit der Anklage, der gänzlich überraschende Anblick Josés hatten sie ihrer Sicherheit beraubt, und Brigot brauchte sie nicht ein zweitesmal anzusehen, um zu wissen, daß die Beschuldigung seines Untergebenen berechtigt war. Sie war weder eine geborene Intrigantin, noch war sie an ein Versteckspiel dieser Art gewöhnt.

Brigot packte sie am Arm und riß sie vom Stuhl hoch. Er war halb toll vor Wut und Demütigung.

»Wie heißt der Mann?« zischte er. »Der Name des Mannes, der Sie aus Tanger wegholte und hierherbrachte?«

Sie war so weiß wie der Tod und hatte entsetzliche Angst.

»Benson«, stammelte sie.

»Benson!« Der Anwalt und Brigot riefen dieses Wort zugleich, und der Spanier, der sie losgelassen hatte, trat zurück.

»Soso, Benson war es!« sagte er dann sehr ruhig. »Unser herrlicher Engländer, der mich wohl aus meinem Besitztum herausschwindeln wollte, wie? Und so hat er Sie zu mir geschickt, meine schöne amerikanische Witwe, um Land für Ihre Villa zu kaufen! Na, Sie können zu Mr. Benson zurückgehen und ihm bestellen, wenn mein Grund und Boden für ihn zum Kaufen gut genug ist, so ist er für mich gut genug zum Behalten. Sie – Sie . . .!«

Er stürzte mit erhobenen Händen auf sie zu, aber der Anwalt zog ihn sanft zurück.

Er machte eine Kopfbewegung zu dem Mädchen hin, und zitternd wie Espenlaub huschte sie aus der Tür und stolperte die Treppe hinunter, die sie vor ein paar Minuten so zuversichtlich hinaufgegangen war.

Cartwright hörte die Nachricht mit erstaunlichem Gleichmut.

»Das erspart uns jedenfalls, aus Paris abreisen zu müssen. Es ist meine eigene Schuld. Ich habe diesen teuflischen Ferreira niemals in Zusammenhang mit Brigot gebracht. Jedenfalls hätten wir uns nicht öffentlich treffen dürfen. Er sagte, daß er uns im Café gesehen habe?«

Das Mädchen nickte.

»Ich tat mein Bestes«, stammelte sie.

»Freilich, freilich, Sie taten Ihr Bestes.« Cartwright tätschelte ihre Hand. »Es ist Pech, aber da kann man nichts machen.«

Es entstand eine lange Pause.

»Was ist nun mit mir?« fragte Sadie. »Wo soll ich hingehen? Sie werden meine Hilfe nicht mehr brauchen.«

Cartwright lächelte freundlich.

»O doch!« Dann, nach einer längeren Pause: »Wissen Sie, daß Sie der einzige Mensch auf der Welt sind, den ich ganz in mein Vertrauen gezogen und dem ich sozusagen die Kehrseite meiner Geschäfte gezeigt habe? Ich möchte Ihnen noch eine Menge erzählen, weil es meine Seele erleichtern würde. Aber eins sage ich Ihnen: wenn ich Sie heute heirate, werden Sie Ihr Teil dazu beizutragen haben, um mich vor dauerndem Ruin zu bewahren.«

»Ruin?« fragte sie erschreckt.

»Nicht so ein Ruin, daß Sie nichts mehr zu essen haben werden, sondern ein Ruin, der – na eben, Ruin von meinem Gesichtspunkt aus. Nun, Sadie, du mußt das richtig verstehen: ich spiele ein hohes Spiel, und wenn ich es nicht gewinne, so ist es zu Ende mit mir. Du bis ein gescheites, nützliches Menschenkind, und ich glaube, daß du sehr gut zu gebrauchen bist. Aber Gefühle gibt es in dieser Ehe nicht, merk dir das! Du mußt hier bleiben, nichts verlauten lassen und tun, was ich dir sage. Auch darfst du mir nicht weiter in die Geschäfte hineinsehen, als ich es dir erlaube. Und wenn ich fortgehe und nicht mehr zurückkomme, so kannst du mich als tot betrachten. Ich habe viel in Amerika zu tun und auch noch anderswo und muß oft monatelang wegbleiben. Du darfst dann nicht ängstlich werden. Und wenn du nichts mehr von mir hören solltest – nun, dann kannst du in die Galerie Lafayette gehen und dir das hübscheste Trauerkostüm kaufen, das du dir leisten kannst!«

»Werde ich es mir denn leisten können?«

»Ich habe einige Papiere auf deinen Namen in der Bank deponiert. Da wirst du ein regelmäßiges Einkommen haben, falls etwas passiert.«

Das Mädchen war bedrückt.

»Diese Vorstellung ist mir nicht sehr angenehm. Was wird denn geschehen?«

Mr. Cartwright schnellte vom Stuhl hoch und rief fast lustig: »Das hängt ganz davon ab, wie das Publikum einen gewissen Prospekt aufnehmen wird, der heute morgen in London zur Ausgabe gelangt.«

6

Das neue Angera-Syndikat wurde als Privatgesellschaft eingetragen; ihr Prospekt wurde nicht veröffentlicht, und auch die Anteile wurden offiziell nicht zur Zeichnung angeboten. Doch übernahm sie – oder doch wenigstens die erste Ausgabe von fünfhunderttausend Stück – eine kleine Gruppe scharfsichtiger Spekulanten in der

Londoner City, die schon früher große Summen aus Cartwrights Gründungen gezogen hatten. Die fünfhunderttausend Anteile brachten halb so viele Pfunde ein, und niemand zweifelte daran, daß das Gelände, das zum Zweck der Gründung zusammengelegt worden war, auch das Areal umfaßte, das im Prospekt als »kürzlich Señor Brigot gehörig« bezeichnet war.

Gold war in den Bergwerken von Angera bereits gefunden worden, und zwar in solchen Mengen, daß die neue Gesellschaft eine vielversprechende Spekulation zu sein schien. Daß Brigots Grund sich bezahlt machen würde, wenn man ihn richtig erschloß, galt in der City von London als sicher. Dutzende von Angeboten waren für die Überlassung dieser Konzessionen gemacht worden, aber keines war Señor Brigot annehmbar erschienen, denn seine Wertschätzung der Mine pflegte sich von Stunde zu Stunde zu ändern. Hätte man sich eine Unterredung mit Brigot um ein Uhr verschaffen können, wenn er sich mit berstendem Kopf und trockener Kehle von seinem Lager erhob, so hätte man seinen Besitz wahrscheinlich um den Preis eines Viertels süßen Champagners kaufen können. Aber wenn der Tag verging und seine Laune rosiger wurde, dann stieg die Bewertung höher, bis um sieben Uhr abends – diese Stunde hatte er regelmäßig für Unterhandlungen reserviert – seine Ziffern ins Enorme gingen. Niemand in der City zweifelte auch nur einen Augenblick, daß Cartwright den Besitz gekauft hatte. Mochten die Börsenmagnaten sein Finanzsystem auch nicht immer für richtig halten, so hielt ihn doch niemand für ausgesprochen unehrlich.

War es ein glücklicher Zufall, daß Maxell, der bis jetzt stets an den Gründungs-Profiten beteiligt gewesen war, sich von diesem letzten und größten Schlag Cartwrights ferngehalten hatte? Man fand niemals etwas Schriftliches über Anteilscheine bei ihm. Er hatte nur – wie er bei einer späteren Untersuchung angab – ganz vage über die Gründung reden hören. Dann sah er eine Abschrift des Prospektes und war ein wenig besorgt. Wußte er doch, daß Brigots Mine – als er Cartwright in Paris verlassen hatte – völlig außerhalb des Machtbereichs seines Freundes lag und daß kaum eine Aussicht bestand, den Spanier zur Vernunft zu bringen.

Cartwright mußte sehr schnell zum Ziel gekommen sein und

hatte wahrscheinlich schwer bezahlt; dieses letztere erschien Maxell sogar besonders schlimm, denn er hatte einen ungefähren Überblick über den Stand von Cartwrights Finanzen.

Er saß bei seinem einsamen Dinner in seinem Hause am Cavendish Square, als das Telefon läutete und die Stimme von Sir Gregory Fane, dem Justizminister, ihn begrüßte.

»Ich möchte Sie gerne sprechen, Maxell. Würden Sie wohl nach dem Essen schnell in die Caarges Street kommen?«

»Gern«, erwiderte Maxell sofort, legte den Hörer auf und dachte nach, was es wohl für neue Schwierigkeiten gebe, die eine Unterredung erforderten. Denn er stand mit Sir Gregory nicht auf Besuchsfuß.

Maxell war überrascht, in dem kleinen Empfangsraum des Hauses, das der Minister bewohnte, noch einen Besucher vorzufinden – und keinen Geringeren als Fenshaw, den Privatsekretär des Premierministers.

Sir Gregory ging geradewegs auf sein Ziel los.

»Maxell, wir brauchen Ihren Sitz im Unterhaus.«

»Den Teufel brauchen Sie.« Maxell runzelte die Stirn.

»Wir möchten Sie auch für die ausgezeichneten Dienste belohnen, die Sie der Regierung erwiesen haben«, fuhr Sir Gregory fort. »Aber vor allem –«, und er zwinkerte mit den Augen, »müssen wir für Sir Milton Boyd einen Sitz haben – der Unterrichtsminister ist bei der Nachwahl unterlegen, wie Sie wissen.«

Diese Mitteilung kam Maxell überraschend. Er war neugierig, welche Stellung man ihm für seinen Parlamentssitz anbieten würde. Einen kurzen, atemberaubenden Augenblick lang hatte er Cartwright und seine Vergehen mit dem Ersuchen um eine Unterredung in Zusammenhang gebracht. Aber die Worte Sir Gregorys hatten seine Befürchtungen zerstreut.

»Wie Sie wissen, ist Quilland an das Appellationsgericht berufen worden« – der Minister nannte damit einen bekannten Richter des High Court – »und wir wollen von dem Brauch, einen der Herren des Oberhofgerichts auf seinen Posten zu setzen, absehen. Nun, Maxell, würde ein Richteramt Ihnen zusagen?«

Maxell machte große Augen. Die Berufung ins Richteramt gehörte zu den Dingen, die er am allerwenigsten erwartet hatte, obgleich er ein tüchtiger Jurist war und das Richteramt der Ehrgeiz jedes Trägers des Seidentalars ist.

»Dazu hätte ich große Lust.« Seine Stimme klang heiser.

»Gut«, sagte Sir Gregory. »Dann wäre die Sache abgemacht. Die Ernennung wird nicht vor zwei bis drei Tagen angekündigt werden; Sie haben also genügend Zeit, das Dringendste aufzuarbeiten und einen Brief an Ihre Wähler abzufassen. Sie können ja für den neuen Kandidaten ein freundliches Wort mit einfließen lassen, denn er ist in Ihrem Wahlkreis nicht besonders populär.«

Als erstes schrieb Maxell jedoch einen Brief an Cartwright. Alle Korrespondenz für Cartwright ging an dessen Londoner Büro und wurde in einem besonderen Umschlag nach Paris weiterbefördert. Es war ein langer Brief, in dem viel von ihren freundschaftlichen Beziehungen die Rede war; er schloß folgendermaßen:

> Diese Berufung bedeutet natürlich, daß wir nicht länger in geschäftlicher Verbindung bleiben können, und ich habe meinen Makler beauftragt, sofort alle Anteile zu verkaufen, die ich in Ihren und anderen Gesellschaften besitze. Wie Sie wissen, habe ich grundsätzliche Ansichten über das Ansehen und die Verpflichtungen des Richterstandes. Und wenn ich auch die sichere Empfindung habe, daß ich dieses würdige Amt mit reinen Händen antreten kann, so werde ich mich doch freier fühlen, wenn ich alle Bindungen löse, die mit Geschäften jeglicher Art zusammenhängen.

Drei Tage später kam der Brief in Cartwrights Hände. Er las ihn zweimal, ehe er ihn in seine innere Rocktasche steckte.

Maxell sollte Richter werden.

Er hatte diese Möglichkeit niemals in Betracht gezogen und wußte nicht, ob er sich ärgern oder freuen sollte. Er verlor die Mitarbeit eines Mannes, der auf sein Leben größeren Einfluß gehabt hatte, als Maxell selber wußte. Er verlor einen guten Anwalt, einen sehr tüchtigen Berater in juristischen Angelegenheiten. Nun, er zuckte die Achseln – viel macht es nicht aus. Das Schicksal hatte eben einen alten Lebensabschnitt zum Abschluß gebracht, und vieles hatte ein Ende gefunden.

Er trank gerade seinen Tee, als der Brief ankam, und die neugebackene Mrs. Cartwright bemerkte mit Interesse, daß er beim Lesen verdrießlich wurde. Der neue Lebensabschnitt fängt aufregend an, dachte er bei sich. Er hatte eine neue Methode ausfindig gemacht, Geschäfte zu tätigen, kühner und verzweifelter als jede andere, die er vorher versucht hatte. Und in diesem Augenblick hatte er einen Mann verloren, auf den er einen großen Teil seiner Zuversicht gesetzt hatte. Außerdem war er zufällig neuvermählt, aber diese Tatsache war kein großer Posten in seiner Rechnung. Freilich würde Maxell ihm immer noch behilflich sein können. Die Erinnerung an alte Geschäftsbeziehungen – unter diesem Gesichtspunkt betrachtete Cartwright ihre frühere Freundschaft –, die Erinnerung auch an Vorteile sowie finanzielle Risiken, die sie geteilt hatten, konnte ihm sehr von Nutzen sein, wenn etwas schiefging. Maxell war bei der Regierung stets gut angeschrieben gewesen und jetzt, da er zum Obersten Gerichtshof gehörte, sicher noch mehr.

Maxell war Richter! Es schien sonderbar. Cartwright besaß die ganze Achtung vor dem Gericht, die dem auf seine Verfassung schwörenden Engländer eigen ist. Trotz mancher Erfahrungen in Rechtsstreitigkeiten, und obgleich er viele Rechtsvertreter aller Arten und Stellungen kannte, hatte er sich doch die Ehrfurcht vor dem gottähnlichen Geschöpf bewahrt, das in Perücke und Talar auf seinem Platz saß und unparteiisch Recht sprach.

»Hast du eine unangenehme Nachricht bekommen?« fragte Sadie.

Er schüttelte ein wenig ungeduldig den Kopf.

»Nein, nein, es ist nichts.«

Sie hatte gehofft, einen Blick auf das Kuvert werfen zu können, aber es gelang ihr nicht. Merkwürdigerweise schob sie der Tatsache, daß ihr Mann einen angenommenen Namen trug, eine Begründung unter, die von der Wahrheit weit entfernt war. Nun gab sie diesem Gedanken zum erstenmal unerwartet Ausdruck.

»Weißt du, was ich glaube?«

»Ich wußte nicht, daß du überhaupt etwas glaubst«, lächelte er. »In welchen Gefilden bewegt sich denn dein Geist?«

»Spotte nicht«, antwortete sie. Sie hatte ein wenig Angst vor seinem Sarkasmus. »Ich dachte gerade über deinen Namen nach.«

»Was zum Teufel kümmerst du dich immer um meinen Namen? Ich habe dir doch gesagt, daß es nur zu deinem Besten ist, wenn ich Benson heiße und in dieser Stadt als Benson bekannt bin. Wenn wir nach London kommen, wirst du meinen Namen schon erfahren.«

Sie nickte. »Ich weiß, warum du dich versteckst.«

Er sah sie scharf an.

»Nun, warum denn?«

»Weil du schon verheiratet bist.«

Er sah sie noch einen Augenblick an, dann brach er in ein so schallendes Gelächter aus, daß Sadie sofort wußte, ihr Schuß war weit am Ziel vorbeigegangen.

»Du bist ein merkwürdiges Geschöpf«, sagte er dann und stand auf. »Jetzt gehe ich fort, um einen alten Freund von uns zu besuchen.«

»Von uns?« fragte sie mißtrauisch.

»Brigot ist der Name des Herrn.«

»Er wird dich nicht empfangen!«

»Meinst du? Ich bin überzeugt, er wird es doch tun.«

Señor Brigot würde freiwillig nie jemanden vorgelassen haben, dessen Name für ihn wie eine Verwünschung klang, aber Cartwright setzte sich über diese Schwierigkeit hinweg, indem er eine Karte hineinschickte, auf die er den Namen von Brigots Anwalt geschrieben hatte.

»Sie!« sprudelte Brigot heraus und sprang auf, als Cartwright ins Zimmer trat und die Tür hinter sich schloß. »Das ist eine Herausforderung! Das ist ungeheuerlich! Sie verlassen sofort dieses Haus, oder ich rufe die Polizei!«

»Also seien Sie einmal einen Moment still, Brigot.« Cartwright setzte sich ungeniert hin. »Ich besuche Sie, wie ein Geschäftsmann den andern besucht.«

»Ich weigere mich, mit Ihnen über Geschäfte zu reden«, tobte sein unwilliger Wirt. »Sie sind ein Spitzbube, ein Intrigant – ach, warum rede ich denn überhaupt mit Ihnen?«

»Weil Sie bankrott sind!« warf Cartwright in ruhigem Ton ein und gebrauchte das spanische Wort für »bankrott«, das so viel ausdrucksvoller ist als das englische.

Die Unterhaltung wurde nun auf spanisch weitergeführt, denn Cartwright beherrschte die Sprache mit all ihren Ausdrücken und Dialekten.

»Ihre Gläubiger in Paris rotten sich zusammen wie Geier um eine tote Kuh. Ihr Versuch, Ihr maurisches Besitztum zu verkaufen, ist ein Fehlschlag gewesen.«

»Sie wissen ja ungeheuer viel«, höhnte Brigot. »Vielleicht wissen Sie auch, daß ich die Mine selbst ausbeuten werde?«

Der Engländer kicherte.

»Das habe ich Sie schon jahrelang sagen hören. Aber Tatsache ist, daß Sie absolut unfähig sind, wirklich ernsthaft einen Betrieb zu leiten. Dazu sind Sie nicht großzügig genug. Also, Brigot, wir wollen nicht streiten. Es ist jetzt Zeit, unseren Zank zu begraben. Ich bin Geschäftsmann, und Sie sind es ebenfalls. Sie sind ebenso darauf bedacht, Ihren Besitz für einen guten Preis zu verkaufen, wie ich es bin, ihn zu erwerben. Ich will Ihnen ein Angebot machen.«

Brigot lachte spöttisch.

»Zehntausend Pfund, wie? Um für eine schöne amerikanische Witwe ein Haus zu bauen, wie?«

Cartwright ließ die Stichelei mit einem Lächeln über sich ergehen.

»Ich lasse mir nicht auf die Hände sehen.«

»Die werden auch verdammt dreckig sein.« Señor Brigot hatte bereits seine glänzende Sechs-Uhr-Laune.

»Ich weiß, daß es Gold in Angera gibt«, fuhr Cartwright fort, ohne auf die Unterbrechung zu achten, »und ich weiß, daß Ihre Mine große Profite abwerfen kann.«

»Ich werde verkaufen«, sagte Brigot nach einigem Nachdenken, »aber zu einem richtigen Preis. Ich habe es Ihnen schon vorher gesagt, zum richtigen Preis werde ich verkaufen.«

»Aber zu was für einem Preis!« Cartwright runzelte die Stirn mit dem Ausdruck äußerster Verzweiflung. »Soviel Geld gibt's ja in der ganzen Welt nicht!«

»Das macht nichts – soviel kostet es aber.« Brigot wurde gemütlich.

»Ich werde Ihnen sagen, was ich tun will.« Cartwright rieb

sich das Kinn, als ob dieser Ausweg ihm eben eingefallen sei. »Ich werde Ihr Grundeigentum in London wieder flottmachen, indem ich es mit anderen Grundstücken zusammenschlage, die ich in der Nachbarschaft gekauft habe. Und ich will Ihnen zweihunderttausend Pfund bezahlen . . .«

Brigot fing an sich zu interessieren. Ja, er war so interessiert, daß er seine Feindseligkeit und seine privaten Schmerzen für einen Augenblick vergaß. Es stimmte schon, was Cartwright gesagt hatte, seine Gläubiger wurden ungemütlich.

»Bar natürlich?«

Cartwright schüttelte den Kopf.

»Einen Teil können Sie bar bekommen, den andern in Aktien.«

»Bah!« Brigot schnippte mit den Fingern. »Aktien kann ich selbst ausgeben, mein Freund. Was sind Aktien? Papierfetzen, für die sich die Tinte nicht lohnt! Nein, nein, Sie betrügen mich. Ich dachte, Sie kämen mit einem wirklichen Angebot zu mir. Wir können keine Geschäfte miteinander machen, Cartwright. Guten Abend.«

Cartwright rührte sich nicht.

»Ein Teil in bar – sagen wir, fünfzehntausend Pfund«, schlug er vor, »das ist doch ein Haufen Geld.«

»Für Sie – ja, aber nicht für mich.« Brigot wurde immer großspuriger. »Geben Sie mir zwei Drittel in bar, für den Rest will ich Aktien nehmen. Das ist mein letztes Wort.«

Cartwright erhob sich.

»Bis wann halten Sie mir dieses Angebot offen?«

»Bis morgen um diese Zeit«, erwiderte Brigot.

Gerade als Cartwright gehen wollte, klopfte jemand an die Tür. Es war Brigots Sekretär, der gleichzeitig auch Kammerdiener war. Er übergab dem Spanier ein Telegramm. Brigot öffnete es und las. Er brauchte lange, um den Inhalt zu verdauen, und Cartwright wartete auf einen günstigen Moment, um sich zu empfehlen. Die ganze Zeit über dachte er angestrengt nach, und er glaubte Land zu sehen. Zwei Drittel des Geldes konnte er beschaffen. Dann durfte er wieder aufatmen.

Jetzt faltete Brigot das Telegramm wieder zusammen und steckte es in die Tasche. Auf seinem Gesicht lag ein seliges Lächeln.

»Guten Abend, Señor Brigot«, grüßte ihn Cartwright, »morgen komme ich mit dem Geld zu Ihnen.«

»Das wird aber viel Geld sein müssen, mein Freund!« Ein heimlicher Jubel lag in Brigots Stimme. »Es wird Sie eine halbe Million englische Pfund kosten, meinen kleinen Besitz zu kaufen.«

Cartwright schnappte nach Luft.

»Was meinen Sie?«

»Kennen Sie die Finanzleute Gebrüder Salomon in London?«

»Sehr gut sogar«, erwiderte Cartwright ruhig. Er hatte Grund genug, die Gebrüder Salomon zu kennen, da diese ein großes Aktienpaket seines neuen Syndikats übernommen hatten.

»Ich habe eben ein Telegramm von ihnen bekommen«, sagte Señor Brigot sehr langsam. »Sie bitten mich, ihnen das Datum anzugeben, an dem mein Besitztum auf Ihr Syndikat überschrieben wurde. Sie teilen mir mit, daß es zu dem Gelände gehöre, das Sie in die Gründung eingebracht haben. Sie wissen selbst am besten, Mr. Cartwright, ob Ihnen meine kleine Mine jetzt eine halbe Million englische Pfund wert ist – besonders wenn ich ein Datum hinschreibe, das Ihnen paßt.«

»Erpressung, wie?« stieß Cartwright durch die Zähne, und ohne ein Wort verließ er das Zimmer.

7

Er ging direkt in seine Wohnung in der Avenue de la Grande Armée, und Sadie konnte an seinem Gesicht leicht erkennen, daß etwas geschehen war.

»Du könntest meinen Koffer packen, ja?« Er war kurz angebunden. »Ich habe einige Briefe zu schreiben. Ich fahre nach London. Habe etwas Wichtiges dort zu tun und werde wohl eine Zeitlang wegbleiben.«

Klugerweise stellte sie keine Fragen, sondern führte seine Befehle aus. Als sie mit einem kleinen Koffer zurückkam, löschte er gerade den Umschlag des letzten Briefes ab.

»Trage sie bitte auf die Post, wenn ich fort bin.«

»Soll ich nicht zum Bahnhof mitgehen?«

Er schüttelte den Kopf.

»Je weniger wir beide zusammen gesehen werden, um so besser ist es«, sagte er mit einem schwachen Lächeln.

Er öffnete eine Schublade seines Schreibtisches, zog eine Geldkassette hervor und entnahm dieser ein dickes Bündel Banknoten. Er zählte es geschwind durch und warf ihr einen ansehnlichen Packen in den Schoß.

»Du wirst das brauchen. Du weißt, daß du ein regelmäßiges Einkommen hast, aber dazu mußt du mit der Bank in Verbindung bleiben. Für den Augenblick möchte ich dir raten, nach –«, er sah zur Decke empor, als stünde etwas daran, »– nach Nizza oder Monte Carlo zu gehen.«

»Aber – aber!« Sadie war verwirrt. »Wie lange wirst du denn wegbleiben? Darf ich dich nicht begleiten?«

»Das ist unmöglich. Du mußt in den Süden fahren, und zwar schon mit dem Abendzug. Gib keinem Menschen deine Adresse und nimm lieber einen anderen Namen an.«

»Steht es so schlecht?«

»Ziemlich. Aber laß dich das nicht kümmern. Es ist möglich, daß ich ein ganzes Jahr fortbleibe, vielleicht auch länger. Du kannst anfangen, was du willst, aber geh – wenigstens für die nächste Zeit – nicht in deinen Beruf zurück.«

»Ich dachte daran, zum Film zu gehen«, sagte sie.

»Du kannst tun, was du willst – auch nach Amerika gehen, wenn ich sehr lange wegbleibe.«

Er stopfte den Rest der Banknoten in seine Tasche, nahm seinen Koffer und verließ sie mit keinem anderen Lebewohl als einem kurzen Kopfnicken. Sie sollte ihn nur noch ein einziges Mal in ihrem Leben wiedersehen.

Er fuhr mit dem Nachtdampfer über den Kanal und kam in den frühen Morgenstunden nach London. Er ging direkt in sein Hotel, nahm ein Bad und rasierte sich. Sein Entschluß stand fest. Alles hing von der Nachsicht ab, die die Gebrüder Salomon ihm gegenüber üben würden.

Beim Frühstück las er in der »Times«, daß Richter Maxell sein

Richteramt am vorhergehenden Tag angetreten habe. Dieser Satz freute ihn aus irgendeinem Grund.

Um zehn Uhr war er in der City. Um halb elf hatte er eine Unterredung mit dem Seniorchef des Hauses Gebrüder Salomon, einem Mann mit ausdruckslosem Gesicht, der den etwas lahmen Entschuldigungen Cartwrights höflich zuhörte.

»Es handelt sich um einen Irrtum eines tölpelhaften Angestellten«, versuchte Cartwright leichthin zu erläutern. »Sowie ich dem Fehler auf die Spur kam, fuhr ich nach London zurück, um das ganze Geld, das gezeichnet wurde, zurückzuziehen.«

»Es ist sehr dumm, daß Sie nicht gestern kamen, Mr. Cartwright«, sagte Salomon nur.

»Warum denn?«

»Weil wir die Angelegenheit bereits unserem Anwalt übergeben haben. Ich glaube, es wäre besser, wenn Sie mit ihm unterhandeln wollten.«

Cartwright machte eine weitere Wallfahrt zu dem Rechtsanwalt der Gebrüder Salomon, der sich sehr reserviert verhielt. Das war ein böses Zeichen. Er kehrte in sein Büro in der Victoria Street zurück, fest überzeugt, daß es zum Äußersten kommen würde. Jedenfalls war Sadie außer Reichweite. Und was noch wichtiger war: Sie konnte als Hauptzeugin nicht verwendet werden. Sie war seine Frau, und ihre Lippen waren versiegelt. Das war eine Folge seiner Heirat, die er nicht ganz übersehen hatte, als er diese seltsame Verbindung eingegangen war.

Wie dumm war er doch gewesen! Das Land hätte längst überschrieben und in seinen Händen sein können, wenn er sich nicht einen elenden kleinen Theaterdirektor zum Feind gemacht hätte. Aber, überlegte er wiederum, wenn er sich mit diesem Theaterdirektor nicht gestritten hätte, so würde er ja nicht das Werkzeug besessen haben, das den verliebten Brigot zur Eigentumsübertragung veranlassen sollte.

Zuoberst auf den Briefen, die ihn erwarteten, lag einer, der mit fester, knabenhafter Handschrift geschrieben war, und Cartwright verzog ein wenig das Gesicht, als ob ihm jetzt zum erstenmal der Gedanke an die übernommene Verantwortung käme.

»Trau-Allen-Chancen Anderson, mein Bursche, du wirst dir

jetzt eine Chance suchen müssen«, murmelte er vor sich hin und schob den Brief ungeöffnet beiseite. Dann nahm er den Lunch in seinem Klub und sandte ein kurzes Antwortschreiben an Maxell. Um zwei Uhr nachmittags kehrte er in sein Büro zurück. Sein Sekretär sagte ihm, daß im Privatbüro ein Mann auf ihn warte. Cartwright zögerte. Dann biß er die Zähne zusammen und ging hinein.

Der Fremde stand auf.

»Sie sind Mr. Cartwright?«

»So heiße ich«, erwiderte Cartwright.

»Ich bin Inspektor Guilbry von Scotland Yard und soll Sie in Haft nehmen wegen Vergehens gegen das Handelsgesetz; ferner ist Anklage wegen Betrugs gegen Sie erhoben.«

Cartwright lachte nur.

»Gehen Sie voraus«, erwiderte er.

Während der Wochen, die der Gerichtsverhandlung vorangingen, war Cartwrights Herz von warmer Dankbarkeit gegen seinen ehemaligen Freund erfüllt. Als sein Verteidiger ihm erzählte, daß Richter Maxell seinen Fall untersuchen werde, zweifelte er nicht daran, daß Maxell sich große Mühe gegeben haben müsse, um zum Richter beim Kriminalgericht ernannt zu werden. Wie das Maxell wieder ähnlich sah, diesem seltsamen, feierlichen Stock – und wie treu das war!

Cartwright hatte für Maxell eine Sympathie wie niemals vorher. Zuerst hatte er die Unannehmlichkeiten gefürchtet, die Maxell durch die Untersuchung eines Falles haben könnte, in den ein früherer Freund verwickelt war. Und er hatte sogar gehofft, daß der neue Richter mit dieser Verhandlung nichts zu tun haben würde. Er zweifelte nun aber nicht daran, daß Maxell an seinem Strang ziehen werde, und er wußte, daß man durch kluge Beeinflussung viel erreichen konnte.

Die Anklage gegen ihn war schwer. Er hatte selbst nicht gewußt, wie schwer sie war, bis er beim Friedensrichter die achtunggebietende Geschworenenliste gesehen und seine Missetaten in kalter juristischer Phraseologie zur Kenntnis genommen hatte. Aber er verzweifelte noch lange nicht. Brigot war auf dem Weg nach London gewesen, um seiner Zeugenpflicht zu genügen, und auf seiner Reise war ein Zwischenfall eingetreten, der dem Angeklagten zu verheißen schien, daß die Vorsehung auf seiner Seite war. Der Spanier hatte im Zug von Calais einen Schlaganfall erlitten, und die Ärzte befürchteten, daß er sich nicht mehr erholen würde. Nicht daß Brigots Zeugin unerläßlich gewesen wäre. Es lagen ja ein Brief und zwei Telegramme vor, in denen Brigot abstritt, jemals sein Eigentumsrecht aufgegeben zu haben; und an Cartwright war es, zu beweisen, daß er in gutem Glauben gehandelt habe – ein Beweis, der unmöglich war. Niemand wußte das besser als Cartwright selbst. Und immer wieder kehrte er im Geist zu jener merkwürdigen, edelmütigen Handlungsweise seines alten Freundes zurück. Er zweifelte keinen Augenblick daran, daß Maxell die Sache so ›gedreht‹ hatte, bis der Fall ihm zugewiesen wurde.

Es war an einem strahlenden Maimorgen, als er die Stufen zum Kriminalgericht emporstieg und seinen Platz auf der Anklagebank einnahm. Fast zu gleicher Zeit traten der Richter und der Sheriff aus der dahinterliegenden Tür in die offenen Gerichtsschranken.

Wie gut Maxell die Richterrobe steht! dachte Cartwright. Er verbeugte sich leicht und erhielt einen ebenso leichten Gruß als Erwiderung.

Maxell sah blaß aus. Sein Gesicht war eingefallen, und seine Worte sowie seine Augen verrieten Entschlossenheit.

»Ehe ich die Verhandlung eröffne«, begann er, »möchte ich die Aufmerksamkeit auf eine Behauptung lenken, die heute morgen in einer Zeitung erschienen ist: Ich hätte mit dem Angeklagten in geschäftlichen Beziehungen gestanden und sei auf irgendeine Weise, direkt oder indirekt, als Aktionär oder als Mitbegründer an der Gesellschaftsgründung beteiligt gewesen, die den Gegenstand der heutigen Anklage bildet. Ich möchte diese Behauptung entschieden zurückweisen.«

Er sprach deutlich und langsam und sah dem Angeklagten gerade ins Auge.

Cartwright nickte. »Ich kann der Erklärung Eurer Lordschaft nur beipflichten. Eure Lordschaft hat mit mir weder in Geschäftsverbindung gestanden noch irgendwelche Transaktionen mit mir unternommen.«

Das war eine kleine Sensation, die den Abendzeitungen eine dicke Schlagzeile lieferte. Das Verfahren begann. Es war nicht besonders verwickelt, und es gab nur wenige, aber wesentliche Zeugen: Geschäftsleute, die Geld gezeichnet oder doch versprochen hatten, bestimmte Summen zu zeichnen. Auch Mr. Salomon war da, um einen Bericht über seinen geschäftlichen Verkehr mit dem Angeklagten zu geben. Aber das Schlimmste war eine eidesstattliche Versicherung, die Brigot vor einem englischen Anwalt, einem vereidigten Notar, abgegeben hatte. Und zwar eine Erklärung, die nur durch einen schriftlichen Beweis, den der Angeklagte beizubringen hatte, widerlegt werden konnte.

Cartwright hörte den Zeugenaussagen ohne Beunruhigung zu. Er wußte auch, daß die Rede seines Verteidigers, die dieser mit solcher Kraftanstrengung hielt, im Grunde ein Schuldbekenntnis und eine Bitte um Milde war. Das letzte Wort gehörte dem Richter. Der Spruch der Geschworenen mußte selbstverständlich auf ›schuldig‹ lauten. Aber als sein Verteidiger um eine milde Strafe bat, glaubte er in den Augen des Richters einem verständnisvollen Blick zu begegnen.

Die Schande einer Gefängnisstrafe scheute Cartwright nicht allzusehr. Er war zu lange auf dem schmalen Pfad des Unerlaubten gewandelt, hatte Vorteil und Strafe zu oft gegeneinander abgewogen, um sich wegen so flüchtiger Begriffe, wie es die ›Ehre‹ war, zu beunruhigen.

Es war schon spät am Abend, als der Richter seine zusammenfassende Rede begann.

Er hielt dem Gerichtshof eine klare, wenn auch herkömmliche Ansprache. Natürlich, dachte Cartwright, er kann ja nichts anderes tun als die Aufmerksamkeit auf die schweren Beschuldigungen, auf die betrogenen Hoffnungen und auf den Aktienschwindel lenken. Im ganzen aber verminderte diese Rede das tröstliche Gefühl durchaus nicht, daß das Schlimmste, was ihn erwartete, ein paar Monate Gefängnis sein würden. Danach konnte er unter fremdem Namen ins Ausland verschwinden und neu anfangen. Er zweifelte nicht an seiner Fähigkeit, wieder zu Geld zu kommen.

Die Rede war beendet, und die Geschworenen zogen sich zur Beratung zurück. Zwanzig Minuten blieben sie fort, und als sie zurückkamen, wußte man im voraus, wie die Entscheidung lauten würde.

»Halten Sie den Verhafteten auf der Anklagebank für schuldig oder für nichtschuldig?« fragte der Richter.

»Schuldig«, war die Antwort.

»Ist das Ihr einstimmiges Urteil?«

»Ja!«

Richter Maxell überlas einige Notizen, dann schloß er das kleine Heft, in das er hineingesehen hatte, und erhob sich: »Die Anklage gegen Alfred Cartwright ist die schwerste, die man gegen einen Geschäftsmann erheben kann. Der Spruch der Geschworenen lautet auf schuldig, und ich muß sagen, daß ich diesem Spruch nur beistimmen kann. Ich stehe auf diesem Platz«, seine Stimme zitterte ein wenig, »um Recht zu sprechen. Ich muß tun, was in meinen Kräften steht, um den Ruf des Handelsstandes und die Unantastbarkeit der englischen Handelsehre zu wahren.«

Cartwright wartete auf ein »aber« – es kam nicht.

»Angesichts der Schwere des Betruges und der Unregelmäßigkeiten, die der Angeklagte begangen hat, unter zynischer Mißachtung des Glücks und des Wohlergehens derjenigen, deren Interessen die seinen hätten sein sollen, kann ich nicht anders als ein Urteil fällen, das allen Übeltätern zur Warnung dienen soll.«

Cartwright krallte sich an das Gitter der Anklagebank.

»Sie, Alfred Cartwright«, sagte Maxell und sah ihm wieder gerade in die Augen, »werden zu einer Zuchthausstrafe von zwanzig Jahren verurteilt.«

Cartwright schluckte etwas hinunter. Dann lehnte er sich über das Gitter der Anklagebank.

»Du Schurke!« keuchte er heiser, dann zogen die Wärter ihn fort.

Zwei Tage später gab es eine neue Sensation. Die Zeitungen meldeten, daß Richter Maxell krankheitshalber gezwungen sei, vom Richteramt zurückzutreten, und daß Seine Majestät geruht habe, dem Ex-Richter die Ritterwürde des Königreichs zu verleihen.

8

Ungefähr neun Jahre nach den im vorigen Kapitel erzählten Ereignissen erlebte eine ziemlich gescheite junge Schauspielerin, die zum Film gegangen war, eine der vielen Enttäuschungen, die einen Teil des Lebens ausmachen. In mancher Hinsicht war diese Enttäuschung sogar noch bitterer als die früheren, weil sie so bestimmt auf Erfolg gerechnet hatte; aber die Schuld lag nicht bei ihr.

Als die Westminster-Filmgesellschaft in den letzten Zügen lag, entschloß sich Mr. Willi Ellsberger, der Vorsitzende der Gesellschaft und Hauptleidtragende, alles auf eine Karte zu setzen. Der Stoff, den man wählte, war schwach, und das Drehbuch wurde von Willi und seinem Reklamechef selbst geschrieben. Es enthielt jedenfalls allen Kitsch, der je in einem Film vorgekommen war, und jede atemberaubende Situation beherrschte Sadie O'Grady, eine der reizvollsten und höchstbezahlten Schauspielerinnen, die der Film je gekannt hatte.

Sadie O'Grady war aus Honolulu nach London gekommen, nachdem sie das bedeutende Vermögen ihres Vaters geerbt hatte. Sie kam als neugierige Besucherin in die Ateliers, nur zum Zusehen, und hatte lachend Ellsbergers erstes Angebot zurückgewiesen, das dieser, berauscht von ihrer Schönheit und der Grazie ihrer Bewegungen, ihr gemacht hatte. Aber schließlich, nach langer Überredung, hatte sie eingewilligt, in jenem erstaunlichen Filmwerk »Die Seele von Babylon« mitzuwirken für eine Gage von fünfundzwanzigtausend Pfund, die an die milden Stiftungen von Honolulu, an denen sie interessiert war, verteilt werden sollte.

So jedenfalls stand ihre Geschichte in den Zeitungen, und sie war nicht unschuldig daran.

»Nein«, sagte sie zu einem Reporter, »dies soll mein erster und mein letzter Film sein. Die Arbeit macht mir viel Freude, aber sie nimmt mir zu viel Zeit.«

»Werden Sie nach Honolulu zurückkehren?« fragte der Reporter.

»Nein«, erwiderte Miss O'Grady, »ich werde nach Paris gehen. Mein Agent hat das Haus des Herzogs von Montpellier in der Avenue d'Etoile für mich gekauft.«

Eine Woche nach der Fertigstellung des Films wartete Miss O'Grady verabredungsgemäß auf Mr. Ellsberger.

»Na, Sadie«, sagte dieser Herr, lehnte sich in seinen Sessel zurück und lächelte traurig, »das war eine Niete!«

»Um Gottes willen«, rief Sadie entsetzt.

»Wir haben für einen großen Filmverleih aus dem Norden gedreht, und der sagt, der Film sei so schlecht, wie er nur sein könne, und das Gute daran so offensichtlich gestohlen, daß er das Verbot nicht riskieren wolle, das der ersten Vorführung unweigerlich folgen werde. Hat Simmons Ihnen die letzte Wochengage ausgezahlt?«

»Nein, Mr. Ellsberger.«

Ellsberger zuckte die Achseln. »Das macht mich also noch um zwanzig Pfund ärmer.« Er griff nach seinem Scheckbuch. »Es ist schlimm für Sie, Sadie, aber noch schlimmer für uns. Für Sie sieht es nicht einmal so bös aus. Ich habe ein Vermögen ausgegeben, um für Sie Reklame zu machen. Es gibt keinen Menschen in diesem Land, der nicht von Sadie O'Grady gehört hätte und«, fügte er grimmig hinzu, »Sie haben ein größeres Publikum, als ich es erhoffen kann, wenn diese Firma unter den Hammer kommt.«

»Es gibt also jetzt keine Arbeit mehr?« fragte Sadie.

Ellsberger machte eine Bewegung, als wolle er sagen: »Was soll ich machen?« Er fügte hinzu: »Sie werden keine Schwierigkeiten haben, mit Ihrer Figur irgendwo unterzukommen.«

»Besonders, wenn diese Figur so billig zu haben ist wie in der letzten Woche! Es war dumm von mir, aus Paris wegzugehen. Dort habe ich mich gut gestanden, und ich wünschte, ich hätte niemals etwas vom Film gehört.«

Obgleich sie noch jung, hübsch und geschmeidig war, mit einer geraden Nase und einem schmalen Mund, machte sie doch keinen Eindruck auf Ellsberger, der solchen Reizen gegenüber unempfindlich war.

»Warum gehen Sie denn nicht nach Paris zurück?« fragte er in bedächtigem Tonfall und sah aus dem Fenster. »Vielleicht ist über die Geschichte schon längst Gras gewachsen?«

»Über welche Geschichte? Was meinen Sie?«

»Ach, ich habe Freunde in Paris, nette, feine Kerle, die viel herumkommen und fast alles erfahren, was so passiert.«

Sie sah ihn nachdenklich an und biß sich auf die Lippen.

»Reggie van Rhyn – ist das die Geschichte, von der Sie gehört haben?«

Ellsberger nickte.

»Ich weiß gar nicht, wie das alles passiert ist, und noch in tausend Jahren werde ich niemals glauben, daß ich ihn erstach!« sagte sie heftig. »Für so etwas bin ich immer viel zu sehr Dame gewesen – ich bin in einem Kloster erzogen worden.«

Ellsberger gähnte.

»Das alles können Sie einem Romanschriftsteller erzählen. Wenn der Ihnen ein Publikum verschaffen kann, so soll es mich für Sie freuen. Nun aber hören Sie meinen Rat – bleiben Sie! Ich habe den Namen Sadie O'Grady in Filmkreisen bekannt gemacht, und es wäre dumm von Ihnen, in dem Augenblick aufzuhören, in dem das Publikum sich für Sie interessiert. Ich bin unten durch, aber das berührt nicht Sie, Sadie; es gibt wohl keinen Filmproduzenten in England, der nicht sofort auf Sie einschnappt und Ihnen die doppelte Gage gibt, die ich Ihnen zahle.«

Sie stand unentschlossen da. Ellsberger hatte keine Lust mehr, sich mit ihr zu unterhalten. Er tat so, als ob er einen Notizblock herauszöge, und klingelte nach seiner Sekretärin.

»Das Publikum ist gut«, gab Sadie zu, »und die Arbeit hat mir auch Spaß gemacht. Wenn ich nur an die vielen Briefe denke, in denen ich um Autogramme und Fotos von meinem Besitz in Honolulu gebeten wurde . . .« Sie lächelte ein wenig frostig. »Es waren Leute aus den höchsten Gesellschaftskreisen darunter. Sogar ein Adeliger schrieb mir aus Bournemouth, ein gewisser Sir John Maxell –«

»Sir John Maxell!« Ellsberger war sofort interessiert, ja geradezu gespannt. Er winkte seiner Sekretärin ab.

»Setzen Sie sich, Sadie. War es wirklich Maxell, Sir John Maxell?«

Sie nickte.

»Ja, so heißt er«, sagte sie. »Ein großer Mann!«

»Und Geld hat er auch. Warum treffen Sie sich nicht mit ihm, Sadie? So einem Krösus macht es nichts aus, zehntausend Pfund auf einen Film zu setzen, wenn er sich für ein Mädchen interessiert. Und wenn Sie das fertigbringen, Sadie, können Sie einen Tausend-Pfund-Vertrag haben, auf der Stelle!«

Ihr strenger Mund zog sich unmerklich zusammen.

»Sie brauchen einen Schutzengel, und ein Richter ist der beste Engel, den man sich wünschen kann.«

»Hat er wirklich Geld?« fragte sie.

»Geld!« Ellsberger rang seine Hände. »Was für eine Frage. Geld! Feuer könnte er damit anmachen. Wollen Sie vielleicht behaupten, daß Sie noch niemals von Sir John Maxell gehört haben, dem Mann, der seinen besten Freund auf zwanzig Jahre ins Zuchthaus brachte? Das war doch damals die größte Sensation des Jahres!«

Sadie berührte diese Geschichte wenig. Aber dank dem warmen, gutformulierten Brief, der in ihrer Handtasche ruhte, hatte sie für Sir John Maxell ein flüchtiges Interesse.

»Ist er verheiratet?«

»O nein!« Ellsberger sagte es mit Nachdruck.

»Und Kinder?«

»Kinder hat er nicht, aber eine Nichte – er ist gesetzlicher Vormund oder so etwas; ich erinnere mich, darüber in der Zeitung gelesen zu haben.« Ellsberger sah Sadie forschend an. »Haben Sie den Brief?«

Sie nickte und nahm ihn aus der Tasche. Er war höflich, aber zugleich herzlich. Da waren einige Redensarten über ihr ›anmutiges Talent‹ und ihre ›unvergleichliche Schönheit‹, die ›einem, auf den das Alltägliche keinen Eindruck mehr macht, Freude bereitet‹ habe. Zum Schluß gab Maxell der Hoffnung Ausdruck, daß sie sich in nächster Zeit einmal begegnen würden und daß Sadie, ehe sie nach Paris abreise, ihm die Ehre geben möge, für einige Tage sein Gast zu sein.

Ellsberger gab ihr den Brief zurück.

»Schreiben Sie ihm, Sadie, und betrachten Sie sich für eine weitere Woche als engagiert. Schreiben Sie ihm, solange Sie noch bei mir sind. Er ist auf diesen ganzen Zeitungsklatsch hereingefallen, und wenn er wirklich diese leidenschaftliche Bewunderung für Ihr Können hat, wird er . . . Sie müssen sagen, daß Sie keine Lust mehr haben, beim Film zu bleiben, und schließlich heiraten Sie diesen Wirrkopf, was?«

Jetzt deutete er durch das breite Fenster auf einen jungen Mann, der aus dem Atelier in das Büro kam und heftig mit einem Stock herumfuchtelte.

»Sehen Sie nur diese lavendelfarbenen Socken und die Armbanduhr«, kicherte er. »Aber machen Sie sich ja keinen falschen Begriff von Timothy Anderson. Er ist der kühnste Amateurboxer seiner Gewichtsklasse – ein braver Junge! Aber machen Sie lieber die Bekanntschaft des Richters.«

Nach einem kurzen Anklopfen, dessen Beantwortung er gar nicht abwartete, kam der junge Mann mit dem Hut in der Hand hereingeschlendert.

»Wie geht es, Miss O'Grady? Ich habe Ihren Film gesehen – fein! Sehr gute Darstellung – aber ein ganz unmögliches Drehbuch. Das haben Sie wohl geschrieben, Ellsberger?«

»Allerdings«, gab dieser düster zu.

»Es trägt auch den Stempel Ihres Geistes, alter Freund!« Timothy Anderson schüttelte vorwurfsvoll den Kopf.

»Wir hätten nur noch Sie als Liebhaber gebraucht, dann wäre es schon vor der Aufnahme aus gewesen«, gab Ellsberger grinsend zurück.

»Ich bin mit dem Film fertig – für immer –« Timothy Anderson setzte sich auf den Tisch. »Es ist eine demoralisierende Beschäftigung. Übrigens –«

Er glitt vom Tisch herunter, griff mit der Hand in die Tasche und brachte eine Rolle Banknoten zum Vorschein.

»Ich schulde Ihnen noch fünfundzwanzig Pfund, Ellsberger. Ich danke Ihnen bestens. Sie haben mich aus Hunger und Not errettet.«

Er zählte das Geld auf, und Ellsberger war so ehrlich überrascht, daß er gar nicht versuchte, diese Tatsache zu verbergen. Ja, er war so erstaunt, daß er fast heiter wurde.

»Sie haben wohl einen Vertrag mit Mary Pickford abgeschlossen?« fragte er.

»N–ein. Ich habe bloß ein bißchen Roulette gespielt und dabei Glück gehabt.«

»Sie trauen allen Chancen, wie? Eines Tages werden Sie noch einer Chance trauen und schwer 'reinfallen.«

»Pah! Glauben Sie vielleicht, das wäre was Neues für mich? Im ganzen Leben nicht. Das Spiel da habe ich mit genau zwölf Pfund angefangen, und außerdem war ich mit meiner Hotelrechnung drei Wochen im Rückstand. Ich verlor bis auf das letzte Zehn-Shilling-Stück, aber ich setzte es und kam mit dreihundert Pfund heraus.«

»Welcher Spielklub war denn das?« fragte Ellsberger.

»Tony Smail.«

Ellsberger pfiff.

»Donnerwetter, das ist eines der verrufensten Lokale der Stadt. Es ist ein Wunder, daß Sie mit dem Geld und dem Leben davonkamen.«

»Ich traue eben allen Chancen.« Timothy setzte sich wieder auf den Tisch. »Es gab schon etwas Radau, als ich von Smail herauskam«, er zuckte mit den Achseln, »so einen kleinen Bierulk.«

Sadie war der Unterhaltung eifrig gefolgt. Jedes Gespräch, das sich um Geld drehte, zog ihre Aufmerksamkeit auf sich.

»Sie trauen allen Chancen?« fragte sie.

»Immer!«

Diese Frau gefiel ihm nicht. Timothy hatte einen sechsten Sinn, den er seinen »Prüfer« nannte, und Miss Sadie O'Grady war bereits jener Menschenkategorie zugeteilt, die er als »nicht gewünscht« zu erklären pflegte.

Er streckte Ellsberger seine Hand hin.

»Ich fahre mit dem nächsten Schiff nach New York. Dann gehe ich nach Kalifornien. Kann sein, daß ich vorher noch Kempton mitnehme; ein Bekannter, den ich im Hotel traf, läßt dort ein Pferd laufen, das schneller ist als ein Vogel. Guten Abend, Miss O'Grady, ich wünsche Ihnen alles erdenkliche Glück.«

Sie sah ihm nach, als er fortging. Sie fühlte seine Abneigung und erwiderte sie. Während er die Frauen aus dem Gefühl heraus beurteilte, erkannte sie ihn mit ihrer Vernunft. Sie wußte, hier war ein Mann, der ihr nicht wohlgesinnt war.

Dann wandte sie sich an Ellsberger.

»Ich werde an Sir John schreiben«, sagte sie.

Durch einen seltsamen Zufall hatte auch Timothy Anderson die Absicht, sich an Sir John Maxell zu wenden. Es verging aber fast ein Jahr, ehe er diese Absicht ausführte.

Die Anfangsbuchstaben T. A. C. vor dem Namen des jungen Anderson bedeuteten Timothy Alfred Cartwright; seine frommen und ebenso praktischen Eltern hatten sich durch diese Kombination sowohl den Schutz der Heiligen wie auch die Gönnerschaft des Vetters Alfred Cartwright gesichert, der in dem Ruf stand, Millionär zu sein, und der Junggeselle war.

Wie Timothys Entwicklung diese Hoffnung rechtfertigte, soll der Leser entscheiden; wir wissen ja bereits, daß Vetter Al Cartwright sich als schwaches Rohr im Winde erwies. Timothys Eltern waren aus dem Leben geschieden, zwei Jahre nachdem Alfred Cartwright aus der Öffentlichkeit verschwunden war und einem Untersuchungsausschuß eine mehrere Jahre dauernde Aufräumungsarbeit hinterlassen hatte.

T. A. C. verließ die Schule ohne großes Bedauern. Er war klug und alt genug, um zu wissen, daß eine oberflächliche Kenntnis der Differentialrechnung und die Fähigkeit, das Verb ›avoir‹ zu konjugieren, keine ausreichende Ausrüstung dafür bot, sich in der Welt durchzusetzen.

Er hatte ein kleines Einkommen, aus Papieren, die seine Mutter ihm in einem Testament vermacht hatte, in dem sie sich fast entschuldigte, daß sie gar so wenig hinterließ. Er ließ sich in dem Haus eines Schullehrers als Pensionär aufnehmen und begann die Studien, die ihn interessierten und berührten.

Seitdem jemand den Einfall gehabt hatte, ihn »Trau-Allen-Chancen« Anderson zu taufen, war dieser Name an ihm haften geblieben. Und er versuchte sein Glück! Aus jeder Ohrfeige, die das Schicksal ihm versetzte, lernte er etwas. Er hatte schon in der Schule genügend boxen gelernt, um unter den Schülern der Champion zu sein. Sein Selbstvertrauen und seine Überredungskunst waren so groß, daß er Sam Murphy, einen früheren Boxer der Mittelgewichtsklasse und Besitzer des Gasthauses zum Hirschen in Dorking, bewog, ihn für einen Zehn-Runden-Kampf mit dem gefürchteten Bill Schenk, Federgewicht, vorzuschlagen.

»Trau-Allen-Chancen« Anderson vertraute dieser Chance. Er wurde bereits in der ersten Runde ausgezählt, und als er wieder zum Bewußtsein kam, tat er ein Gelübde. Nicht etwa, nie wieder in den Ring zu treten, sondern vorher noch viel zu lernen und zu üben, um diesen Sport zu beherrschen. Natürlich war es etwas entehrend, daß ein Mensch mit seiner Vorbildung Berufsboxer werden wollte – denn Professional wurde er gerade durch diesen Fehlschlag –, aber das berührte ihn nicht im geringsten.

Bill Schenk wurde von Kid Muldoon knockout geschlagen. Ein Jahr nach seinem ersten Auftreten im Ring kämpfte T. A. C. Anderson zwanzig Runden gegen Kid und gewann nach Punkten. Danach aber wurde »Trau-Allen-Chancen« Anderson nie mehr im Ring gesehen.

Er versuchte sein Glück bei Pferderennen und setzte auf Pferde, für die zuerst die zehnfache, dann aber die zwanzigfache Quote ausbezahlt wurde. Er setzte auf Pferde, die noch niemals gewonnen hatten, in der Erwartung, daß sie doch endlich einmal gewinnen müßten. Nach diesem Abenteuer hatte er gerade noch so viel Geld übrig, um sich ein Lehrbuch kaufen zu können. Er widmete sein unbestreitbares Talent dem Studium anderer Glücksspiele. Er spielte Karten um Streichhölzer mit dem Angestellten eines Maklers, der den geheimen Ehrgeiz hatte, mit einem System nach Monte Carlo zu gehen. Er kaufte auf Abzahlung märchenhaft billigen Grundbesitz auf der Insel Thanet – und er arbeitete.

Über all seinen Dummheiten und Experimenten, über all seinen Spielen und Glücksversuchen ließ Timothy sich niemals eine Arbeit entgehen, wenn er sie irgend leisten konnte; und wenn er nicht um schnöden Gewinn arbeitete, so tat er es zum Heil seiner Seele. Er ging zu den Rennen mit einem Band Molièrescher Dramen unter dem Arm, und in den Pausen las er; dadurch erlangte er bei seinen Renn-Kumpanen große Achtung als eifriger Student.

So kam er in gewaltsamen, aber für ihn selbstverständlichen Etappen zum Film, diesem Mekka, das alle unternehmenden, romantischen und ruhelosen Geister anzieht. Er versuchte sich als jugendlicher Held, aber seine Arbeit und seine Darstellungsweise waren zu originell. Die Filmproduzenten sind immer auf Neuheiten versessen, aber jeder neuen Darstellungs- und Ausdruckskunst sind sie abhold. Ellsberger hatte ihn beschäftigt, weil er seinen Vater gekannt, aber noch mehr, weil er durch ihn Geld gewonnen hatte, als der Boxkampf mit Kid Muldoon stattfand. Aber selbst Ellsberger riet Timothy, erst zwei Jahre lang die ›Atmosphäre‹ zu studieren.

Timothy wußte nicht genau, ob sein Zug zehn Minuten vor sieben oder zehn Minuten nach sieben abfuhr; er kam zeitig genug an, um schon zehn Minuten vor sieben fahren zu können, und das war für ihn charakteristisch, denn er spekulierte niemals gegen das unbeugsame System.

Er erreichte New York ohne Zwischenfälle, aber auf seinem Weg nach dem Westen blieb er in Nevada kleben. Er wollte nur eine Nacht dort zubringen, wurde jedoch mit einem Mann bekannt, der einen Eilzustellungsdienst unter ganz neuen Gesichtspunkten plante. Er steckte sein Geld in dieses Unternehmen, und durch irgendein Wunder konnte man es wirklich ein ganzes Jahr lang betreiben. Nach Verlauf dieser Zeit rückte die Polizei seinem Teilhaber auf die Bude, und Timothy reiste gemächlich ostwärts.

Er kam nach New York mit fünfundfünfzig Dollar, die er von einem Westländer auf der letzten Etappe der Reise gewonnen hatte. Das Gleis lief ungefähr zwanzig Meilen lang neben der Landstraße her, und die Wette zwischen ihnen war sehr einfach: ob mehr Männer oder mehr Frauen vorbeikommen würden. Der Westländer setzte auf Männer und Timothy auf Frauen. Für jeden Mann, den Timothy sah, bezahlte er einen Dollar, für jede Frau erhielt er einen. In der vereinbarten Zeit sahen sie fünfundfünfzig Frauen mehr als Männer, und Timothy war um ebenso viele Dollars reicher. Es waren noch niemals so viele Frauen unterwegs gewesen wie an jenem strahlenden Nachmittag, und der Westländer konnte das gar nicht verstehen, bis ihm plötzlich einfiel, daß ja Sonntag war – was Timothy sofort erfaßt hatte, ehe er seine Wette abschloß.

Zwei Monate später war er wieder in London. Wie er zurückgekommen war, konnte er niemals erklären. Er blieb in London, bis er sich anständig eingekleidet hatte, um sich dann in einem vornehmen Wohnhaus am Branksome Park in Bournemouth vorzustellen. Vor langen, langen Jahren hatte ihm Sir John Maxell einmal geschrieben und jede erdenkliche Unterstützung angeboten, mit dem Versprechen, ihm beizustehen, falls er einmal in eine schwierige Lage geraten sollte. Er brachte dieses Anerbieten mit dem Tod seines Vaters in Verbindung – vielleicht waren sie Freunde gewesen.

Er wurde in den sonnigen Empfangsraum geführt, der mit vielen Blumen geschmückt war, und sah sich beifällig um. Er hatte sein ganzes Leben lang in den Häusern fremder Leute gewohnt – in Schulen, Pensionen, Hotels –, und der Hauch eines Heimatgefühls streifte ihn, wie der vergessene Duft eines Gartens, den er einmal gekannt hatte.

Der Diener kam zurück.

»Sir John Maxell wird Sie in zehn Minuten empfangen, aber Sie dürfen ihn nicht lange aufhalten, weil er mit Lady Maxell ausgehen will.«

»Lady Maxell?« fragte Timothy überrascht. »Ich wußte gar nicht, daß er verheiratet ist.«

Der Diener lächelte und sagte: »Der Herr Richter hat vor einem Jahr geheiratet. Es stand in allen Zeitungen.«

»Ich lese nicht alle Zeitungen. Dazu habe ich keine Zeit. Wer ist denn die Dame?«

Der Mann sah sich um, als fürchte er, belauscht zu werden.

»Sir John hat eine Filmdiva geheiratet, Miss Sadie O'Grady.« Die Geringschätzung in seinem Ton war nicht zu verkennen.

Timothy riß Mund und Augen auf.

»Was Sie nicht sagen! Na, das ist die Höhe! Diese – diese Dame kannte ich ja in London!«

Der Diener ließ den Kopf auf die Seite sinken.

»Wirklich?« sagte er, und es war ganz klar, daß er Timothy nach diesem Geständnis nicht mehr der menschlichen Gesellschaft zurechnete.

Eine Klingel schrillte von ferne.

»Sir John ist bereit, Sie zu empfangen. Sie werden doch hoffentlich nichts davon erwähnen, daß ich über die gnädige Frau etwas gesagt habe?«

Timothy winkte ihm beruhigend zu und errang damit wieder das Vertrauen des Volkes.

Sir John Maxell stand aufrecht hinter seinem Schreibtisch, ein schöner, großer Mann; das graue Haar trug er straff nach hinten gebürstet, und seine blauen Augen strahlten hinter ungerahmten Gläsern.

»T. A. C. Anderson«, sagte er und ging mit langsamen Schritten um den Tisch herum. »Das ist doch nicht etwa der kleine Timothy, von dem ich vor vielen, vielen Jahren so manches gehört habe!«

»Doch, das bin ich, Sir.«.

»Wirklich? Ich würde Sie niemals wiedererkannt haben. Setzen Sie sich, mein Junge. Sie rauchen natürlich – jeder raucht heutzutage; es kommt mir seltsam vor, daß ein Knabe, den ich kannte, als er noch kurze Hosen trug, jetzt wie ein richtiger Herr aussieht. Ich habe viel von Ihnen gehört.«

»Nichts Schlechtes hoffentlich, Sir?«

Maxell schüttelte den Kopf.

»Ich habe eben von ihnen erzählen hören. Aber das spielt keine Rolle. Nun, ich nehme an, Sie kommen heute zu mir, weil ich Ihnen vor fünf Jahren, um ganz korrekt zu sein, am dreiundzwanzigsten Dezember, schrieb und Ihnen jede Hilfe anbot, die in meiner Macht liegt.«

»Das Datum kann ich nicht beschwören.«

»Aber ich«, lächelte der andere. »Ich vergesse niemals ein Datum, ich vergesse niemals einen Brief, ich vergesse niemals seinen genauen Wortlaut. Mein Gedächtnis ist erstaunlich. Nun, sagen Sie mir, was ich für Sie tun kann.«

Timothy zögerte.

»Sir John, mir ist es in Amerika ziemlich schlechtgegangen, ich habe mit Spitzbuben zusammengearbeitet und jeden Cent hergeben müssen, den ich besaß.«

Sir John nickte langsam.

»Dann brauchen Sie also Geld?« sagte er nicht gerade begeistert.

»Nicht eigentlich Geld. Ich möchte versuchen, in London festen Fuß zu fassen, und ich dachte, Sie könnten mir vielleicht für irgend jemanden einen Empfehlungsbrief geben.«

»Ach so.« Maxells Gesicht heiterte sich auf. »Das kann ich schon machen. Was wollen Sie denn in London beginnen?«

»Am liebsten hätte ich so eine Art Sekretär- oder Geschäftsführerposten, obgleich ich nicht allzuviel davon verstehe.«

Sir John nagte an seiner Unterlippe.

»Ich kenne einen Mann, der Ihnen helfen wird. Wir waren zusammen im Unterhaus, und er kann Ihnen eine Stelle in einem seiner Büros verschaffen, aber dummerweise bringt er, da er in letzter Zeit viel Geld verdient hat, die meiste Zeit in Newmarket zu.«

»Newmarket klingt mir angenehm in den Ohren. Vielleicht kann er mich dort in einem Büro verwenden?«

Der Richter lächelte ein wenig.

»In Newmarket tut unser Freund leider wenig mehr, als Zeit und Geld bei den Pferderennen zu vergeuden. Er besitzt ein halbes Dutzend Pferde – ich habe erst heute früh einen Brief von ihm bekommen.«

Er ging zum Tisch zurück, suchte in dem Durcheinander herum und zog sogleich unter den Papieren einen Brief hervor.

»Ich hatte nämlich gerade geschäftlich mit ihm zu tun und wollte einige Erkundigungen bei ihm einziehen. Das einzige, was er mir erzählte, war«, er machte eine verzweifelte Handbewegung, »daß Schneeball und Polly Chaw, das sind wahrscheinlich Namen von Rennpferden, in der nächsten Woche gewinnen werden und daß er einen schnellfüßigen Renner besitzt, Swift Kate, der – ich führe seine eigenen Worte an – alles schlagen wird mit seinen Siebenmeilenbeinen.«

Er blickte Timothy über die Brille hinweg an. Auf dem Gesicht des jungen Mannes lag ein seliges Lächeln.

»Newmarket hört sich wirklich wunderschön an.«

Plötzlich erinnerte er sich daran, was der Diener ihm eingeschärft hatte, und wollte sich gerade verabschieden, als Sir John die Stimme senkte: »Sie haben wohl in letzter Zeit nichts von Ihrem Vetter gehört?«

Timothy sah ihn verwundert an. Hätte Sir John ihn nach dem großen Lama von Tibet gefragt, er hätte um die Antwort nicht verlegener sein können.

»Wie bitte? Nein – nein . . . Lebt er denn noch?«

Sir John sah ihm scharf in die Augen.

»Ob er lebt? Selbstverständlich. Ich dachte, Sie hätten Verbindung mit ihm.«

»Er ist doch verschwunden. Ich habe ihn nur ein einziges Mal gesehen, als ich noch ein Kind war. War er ein Freund – hm, ein Bekannter von Ihnen?«

Sir John trommelte mit den Fingern auf der Schreibtischplatte, seine Gedanken weilten in weiter Ferne.

»Ja und nein«, sagte er schließlich kurz. »Ich kannte ihn, und eine Zeitlang stand ich freundschaftlich mit ihm.«

Plötzlich warf er einen Blick auf die Uhr, und ein Ausdruck der Bestürzung trat in sein Gesicht.

»Großer Himmel«, rief er, »ich versprach meiner Frau, sie schon vor einer Viertelstunde zu treffen. Adieu! Adieu!«

Er schüttelte Timothy an der Zimmertür die Hand, und der junge Mann mußte den Weg nach unten allein finden, weil der Diener in diesem Augenblick gerade beschäftigt war.

Aus dem unteren Stockwerk tönte eine schrille, unangenehme Stimme, und als Timothy die Treppe herunterkam, befand er sich mitten in einer häuslichen Szene. Auf dem Vorplatz standen zwei Damen, die eine verhielt sich ganz ruhig und begnügte sich damit, zuzusehen – die andere war die Hauptbeteiligte. Er erkannte sie sofort, aber sie sah ihn nicht, weil ihre Aufmerksamkeit auf den aufgeregten Diener gerichtet war.

»Wenn ich am Telefon nach Ihnen läute, so erwarte ich, daß Sie mir sofort antworten«, sagte sie eben. »Sie haben nichts zu tun, als herumzusitzen und die Ohren offenzuhalten, Sie langer, fauler Kerl!«

»Aber, Mylady, ich –«

»Keine Widerrede!« tobte sie. »Wenn Sie glauben, ich hätte nichts Besseres zu tun, als am Telefon zu sitzen und zu warten, bis Sie aufwachen, dann irren Sie sich. Und wenn Sir John nicht bald Feuer hinter Ihnen her macht –«

»Kümmern Sie sich nicht darum, was Sir John mit mir vorhat!« Der Mann änderte ganz plötzlich sein Benehmen. »Ich habe von Ihnen längst genug und übergenug. Das Kommandieren können Sie sich für den Film aufsparen, Lady Maxell. Mit mir brauchen Sie so etwas nicht zu versuchen.«

Sie war unfähig, noch etwas zu sagen. Es war aber auch gar nicht nötig, denn der Mann drehte sich kurz um und verschwand in jener geheimnisvollen Region, die hinter jeder Diele liegt. Da auf einmal sah sie Timothy.

»Wie geht es Ihnen, Lady Maxell?« begrüßte er sie.

Sie starrte auf den Störenfried, und einen Augenblick lang glaubte er, daß sie ihren Ärger an ihm auslassen wolle. Sie runzelte noch immer die Stirn, als er ihre schlaffe Hand ergriff.

»Sie sind der junge Anderson, nicht wahr?« fragte sie ein wenig ungnädig.

Das Gefühl der Feindseligkeit lebte wieder in ihm auf und verstärkte sich noch bei der Berührung ihrer Hand. Lady Maxell war unverändert und sah fast noch hübscher aus als bei ihrem letzten Zusammentreffen, aber auch die Härte ihres Mundes war ausgeprägter, und sie hatte sich eine Art von Überlegenheit angewöhnt, die sich von bloßer Unverschämtheit nur wenig unterschied.

Sie zog ein goldgefaßtes Lorgnon hervor, um ihn zu mustern, und sofort war er gereizt – nur Frauen brachten es fertig, ihn zu ärgern.

»Sie haben sich nicht ein bißchen verändert«, hänselte er. »Nur Ihre Augen scheinen leider nicht mehr so gut zu sein wie früher. Die Atelierarbeit scheint Sie ziemlich anzustrengen, nicht wahr?«

Sie ließ das Lorgnon zusammenschnappen und wandte sich dem jungen Mädchen zu.

»Du könntest lieber nachsehen, wo Sir John ist. Frag ihn, was er sich eigentlich dabei denkt, mich auf dem Vorplatz wie eine Landstreicherin warten zu lassen.«

Als das junge Mädchen aus dem Schatten heraustrat, konnte Timothy sie deutlich sehen.

Das ist die Nichte, sagte er zu sich selbst und seufzte; denn er hatte noch kaum je eine Frau gesehen, die ihm so gut gefallen hätte. Es war eine Schönheit, die weder von der Regelmäßigkeit der Gesichtszüge noch von dem Teint bestimmt wurde; ihre Ursache lag in ihren Widersprüchen.

Sie war fast noch ein Kind, und ihr Gesicht zeigte die ganze aufquellende Freude der Jugend. Und doch machte sie auf Timothy den Eindruck, als sei ihr Betragen seltsam und unnatürlich. Ihre Sanftheit, die Bereitwilligkeit, den Befehl der Frau auszuführen, die Würde, mit der sie das Zimmer verließ – dies alles paßte nicht zu dem Charakter, der in ihrem Gesicht zu lesen war. Wenn sie dem unverschämten Weib einfach an den Kopf geworfen hätte, sie solle ihre Bestellung selber ausrichten, oder wenn sie die Treppe hinaufgestürmt wäre und atemlos nach Sir John gerufen hätte – das wäre natürlicher gewesen.

Jetzt wandte Lady Maxell sich wieder zu ihm.

»Und nun passen Sie auf, Mr. Ypsilon. Wenn Sie ein Freund von Sir John sind, so werden Sie vergessen, daß ich jemals im Atelier gearbeitet habe. In Bournemouth wird schon genug über mich geklatscht; es besteht also keinerlei Anlaß, diese Sammlung noch zu vergrößern.«

»Wie werde ich reinrassig!« sagte Timothy bewundernd. »Das war gesprochen wie eine richtige kleine Lady.«

In gewisser Hinsicht war er völlig unerzogen und hatte nie die Notwendigkeit begriffen, eine Entgegnung zu unterdrücken. Diese Frau reizte ihn, und eine solche Erregung war für ihn ein gänzlich neues Gefühl.

Ihr Gesicht wurde dunkel vor Wut; aber ihren ganzen Zorn richtete sie auf Sir John, der jetzt hastig herunterkam.

»Du hast natürlich wieder nicht gewußt, wie spät es ist. Deine Uhr ist stehengeblieben. Es ist für mich schon schwer genug, mich durchzusetzen, du brauchst mich nicht auch noch zum Narren zu halten.«

»Meine Liebe«, protestierte Maxell aufgeregt, »ich versichere dir –«

»Für solche Lumpen hast du Zeit genug«, sie deutete auf Timothy, und dieser verbeugte sich, »aber mich läßt du warten wie eine Schneiderpuppe im Schaufenster, der ganzen Welt zum Gespött, und dabei weißt du sehr gut –«

»Meine Liebe«, verteidigte Maxell sich müde, »meine Uhr ist wirklich stehengeblieben –«

»Ach, du langweilst mich. Was willst du denn von diesem Burschen? Glaubst du, ich möchte an meine Filmzeit zurückdenken? Jeder kennt diesen Bengel – einen gewöhnlichen Spieler, der aus jedem Atelier in England hinausgeflogen ist. Du läßt es zu, daß deine Diener mich beleidigen – und jetzt hast du anscheinend diesen Preiskämpfer hierhergebracht, um mich zurechtweisen zu lassen.« Sie deutete verächtlich auf den vergnügten Timothy.

Mitten auf der Treppe stand das junge Mädchen und beobachtete schweigend die Szene, und erst als er sich ihrer Gegenwart bewußt wurde, empfand Timothy, wie ungemütlich die Situation war.

»Also adieu, Sir John«, sagte er. »Es tut mir leid, daß ich ungelegen gekommen bin.«

»Einen Augenblick«, unterbrach ihn die Frau. »John, dieser Mann hat mich beleidigt. Ich weiß nicht, weshalb er gekommen ist, aber ich nehme an, daß er etwas von dir wollte. Er ist einer von diesen üblen Burschen, die in den Ateliers herumlungern und sich Geld zusammenbetteln, um damit zu wetten. Wenn du nur eine Hand rührst, um ihm zu helfen, so ist es aus zwischen uns.«

»Ich versichere dir«, versuchte Sir John ihr so unschuldig wie möglich zu erwidern, »daß mich dieser junge Mann lediglich um ein Empfehlungsschreiben gebeten hat, und ich habe die Pflicht –«

»Halt! Mir gegenüber hast du auch Pflichten. Halte dein Geld fest. Höchstwahrscheinlich wird dir das nicht gelingen, wenn ›Trau-Allen-Chancen‹ Anderson hier herumlungert.«

Es waren nicht ihre Worte, nicht die Verachtung in ihrem Ton, noch die Beleidigung, was ihn aufstachelte. Der Mann, der zwanzig Runden mit Kid Muldoon gekämpft hatte, hatte gelernt, sein Temperament zu zügeln. Aber hier war ein neuer Faktor im Spiel – ein Faktor, der ein schlichtes graues Kleid trug und zwei große dunkle Augen hatte, die ihn ernsthaft musterten.

»Lady Maxell«, mahnte er ernst, »es ist sehr unangenehm, eine Frau Lügen zu strafen, aber was Sie da erzählen, ist ganz und gar falsch. Als ich nach Bournemouth kam, hatte ich nicht die Absicht, um irgend etwas zu bitten, das Sir John auch nur einen Cent kosten könnte. Und was meine Vergangenheit anbelangt, so ist sie vielleicht ein bißchen wild gewesen – sie war aber immer rein, Lady Maxell!«

Er meinte nichts anderes, als er sagte. Er wußte ja nichts von Sadie O'Gradys Vorleben, sonst würde er die Reinheit des seinen nicht so betont haben. Aber die Frau fuhr zurück, als hätte sie ein Peitschenschlag getroffen. Einen Augenblick lang hatte Timothy die Vision einer angreifenden Furie; sie stürzte sich auf ihn, zerkratzte ihm das Gesicht und kreischte in ihrer Wut laut auf ...

»Uff!« sagte Timothy.

Er nahm seinen Hut und fächelte sich Luft zu. Es war das erstemal, daß er vor einem Krach davonlief – aber diesmal floh er wirklich. Jene bevorzugten Leute, die in der Nähe der hübschen Villa Sir Johns wohnten, sahen, wie die Tür aufgerissen wurde und wie ein junger Mann in vier Sprüngen über die Auffahrt und mit einem fünften über das Gartentor wegsetzte und dann wie der Wind durch die Straße lief.

»Uff!« sagte Timothy noch einmal.

Er ging auf Umwegen in sein Hotel zurück und fand dort eine telefonische Bestellung von Sir John vor. Sie war kurz und sachlich.

»Bitte kommen Sie nicht wieder«, lautete sie.

Timothy las den Zettel und kicherte.

»Stimmt das wirklich?« fragte er den Pagen, der ihm die Bestellung überbrachte. Dann dachte er an das Mädchen in Grau mit den dunklen Augen und strich sich gedankenvoll über sein glattes Kinn.

Ob es sich wohl lohnt, sein Glück zu versuchen? sagte er zu sich selbst und entschied, daß es sich im Augenblick wohl nicht lohne.

9

Lady Maxell gähnte und ließ das Magazin sinken, in dem sie las. Sie sah auf die Uhr. Es war zehn. Zu dieser Stunde wachte man in Paris sozusagen erst auf. Die vornehmen Leute würden gerade beim Diner sein, und Marie de Montdidier, geborene Hopkins, legte sich wahrscheinlich in ihrer Garderobe in den Folies Bergères gerade den letzten Puder auf die Nase, ehe sie auftrat. Die Boulevards würden in strahlendes Licht getaucht sein, und ganze Reihen flimmernder Autos würden zu einem späteren Diner in Armenonville in den Bois fahren.

Sie sah verstohlen zu dem Mädchen hinüber, das unter einer großen Lampe in einer Fensternische saß. Sie hielt ein Buch auf den Knien – aber ihre Gedanken und ihre Augen waren woanders.

»Mary!« sagte sie.

Das Mädchen wachte mit einem Ruck aus seinen Träumen auf.

»Wünschen Sie etwas, Lady Maxell?«

»Was ist denn mit Sir John los? Du kennst ihn doch besser als ich.«

Das Mädchen schüttelte den Kopf.

»Ich weiß es wirklich nicht, Lady Maxell, bitte glauben Sie mir, ich weiß es nicht –«

»Um Gottes willen, so sage doch nicht immer Lady Maxell zu mir«, rief die andere gereizt. »Ich habe dir gesagt, du kannst mich Sadie nennen, wenn du willst.« Es blieb still. »Du willst also nicht. Ihr seid wirklich eine umgängliche Familie. Es scheint, daß du dir die Manieren deines neuen Freundes angewöhnst.«

Mary wurde rot.

»Meines neuen Freundes?« fragte sie. Aber Lady Maxell wandte ihr entschlossen den Rücken zu und fing wieder an, in ihrem Magazin zu lesen.

»Es geht mich ja nichts an, wenn du Vergnügen daran findest, mit so einem Insekt zu reden.« Sie legte die Zeitschrift wieder hin. »Die Welt ist ja voll von solchen Nichtstuern. Wahrscheinlich weiß er gut, daß du Geld erwartest.«

Mary lächelte.

»Doch nur sehr wenig, Lady Maxell.«

»Wenig ist viel für einen solchen Menschen. Du darfst übrigens nicht glauben, daß ich voreingenommen wäre, weil ich mich neulich – hm – geärgert habe. Das ist nun mal mein Temperament.«

Wieder lächelte Mary, aber es war ein anderes Lächeln, und Lady Maxell sah das wohl.

»Meinetwegen kannst du ihn ja heiraten. Diese heimlichen Zusammenkünfte sind freilich nicht gerade höflich Sir John gegenüber – das ist alles.«

Mary schloß das Buch, ging zum Bücherregal hinüber und stellte es hinein, ehe sie antwortete.

»Ich nehme an, Sie sprachen von Mr. Anderson. Jawohl, ich habe ihn getroffen, aber es ist nichts Heimliches dabei gewesen. Er hielt mich im Park an und entschuldigte sich, daß er der Anlaß zu der Szene gewesen sei – Ihr Temperament, nicht wahr?«

Lady Maxell sah sie scharf an. Mary zuckte nicht mit der Wimper.

»Ich hoffe nicht, daß du anfängst, ironisch zu werden. Man weiß bei dir nie, wie du es meinst. Aber das kann ich dir sagen, Ironie verfängt bei mir nicht.«

»Das glaube ich gern.«

Lady Maxell sah wieder auf, aber Mary machte das unschuldigste Gesicht von der Welt.

»Wie gesagt, ich habe Mr. Anderson getroffen. Er war sehr höflich und sehr nett. Dann habe ich ihn noch einmal getroffen – nein, sogar schon ein paarmal.« Sie sagte es gedankenvoll vor sich hin. »Er ist kein Nichtstuer; ich glaube, Sie tun ihm unrecht. Er ist in der Drogerie am Paradeplatz angestellt.«

»Das ist ja dann eine feine Partie für dich«, sagte Sadie. »Sir John wird sich freuen, einen Ladenschwengel in die Familie zu bekommen.«

Damit war die Unterhaltung beendet. Sie lasen eine Viertelstunde weiter, dann warf Lady Maxell ihr Magazin auf den Boden und stand auf.

»Sir John hat gestern ein Telegramm bekommen, das ihn verstimmte. Weißt du, um was es sich handelt?«

»Ich weiß es wirklich nicht. Warum fragen Sie ihn denn nicht selbst?«

»Weil er mich doch nur anlügen würde«, erwiderte die Frau so kalt, daß Mary zusammenfuhr. »Er hat heute sein ganzes Geld und alle Papiere von der Dawlish & County Bank zurückgezogen und in sein Safe geschlossen, und heute früh war der Polizeidirektor eine halbe Stunde bei ihm.«

Das war Mary neu, und ihr Interesse wurde wach.

»Nun, Mary«, fuhr Lady Maxell fort, »ich will offen zu dir sein – manchmal macht Offenheit sich bezahlt. Man nannte meine Heirat einen Filmroman. In allen Zeitungen stand das zu lesen, und ich glaube, es stimmte auch. Aber das romantischste an meiner Heirat waren mein Besitz in Honolulu, mein Haus in Paris und mein Bankguthaben. Ellsbergers Reklamechef hat diesen ganzen Schwindel aufgebracht, und ich glaube, daß Sir John schwer enttäuscht war, als er merkte, daß ich vollkommen mittellos war. So kommt es mir wenigstens vor.«

So zeigte sich die Heirat, die die Gesellschaft brüskiert und den ruhigen Verlauf eines Mädchenlebens gestört hatte, in einem gänzlich neuen Licht.

»Sie sind also nicht sehr reich?« fragte Mary.

Sadie lachte.

»Reich? An dem Tag, an dem ich Sir John heiratete, hatte ich gerade noch soviel, um das Fahrgeld ins Armenhaus zu bezahlen. Ich trage es ihm nicht nach, daß er enttäuscht war. Viele Filmstars sind millionenschwer – ich war es nicht. Ich heiratete, weil ich glaubte, es würde mir gutgehen, ich würde viel Geld haben, reisen können, aber ich wählte mit geschlossenen Augen.«

Mary schwieg. Diesmal waren Sadie Maxells Klagen berechtigt. Sir John war kein freigebiger Mann. Er lebte gut, ging aber niemals über die Grenzen des Notwendigen hinaus.

Mary wollte gerade antworten, da geschah etwas Unerwartetes. Es machte »pink«, das Glas der Fensterscheibe splitterte, und etwas schlug dumpf gegen die Wand. Lady Maxell stand auf, weiß wie der Tod.

»Was war das?« keuchte sie.

Auch Mary war blaß, aber sie verlor nicht die Nerven.

»Das war ein Schuß. Sehen Sie her!« Sie zog den Vorhang beiseite. »Die Kugel ist durchs Fenster gegangen.«

»Geh vom Fenster fort, du Unverstand!« schrie Sadie.

Mary stürzte durch das Zimmer und knipste das Licht aus. Sie warteten schweigend, aber es kam kein zweiter Schuß mehr. Vielleicht war es nur ein Zufall gewesen. Vielleicht hatte jemand nach der Scheibe geschossen . . .

»Geh und sag es meinem Mann!« befahl Sadie. »Schnell!«

Mary lief durch den erleuchteten Vorplatz nach oben und klopfte an Sir Johns Tür. Sie erhielt keine Antwort. Als sie aufzuklinken versuchte, fand sie die Tür verschlossen. Das war nichts Merkwürdiges. Es gab noch einen zweiten Zugang zu Sir Johns Arbeitszimmer: vom Balkon her, der durch eine Treppe mit dem Garten verbunden war. Doch plötzlich packte Mary wilde Furcht. Vielleicht war Sir John im Garten gewesen, als der Schuß abgefeuert wurde. Vielleicht hatte er ihm gegolten. Sie klopfte noch einmal lauter. Dieses Mal hörte sie seinen Schritt. Die Tür wurde geöffnet.

»Hast du schon einmal geklopft?« fragte er. »Ich schrieb gerade –«

Dann sah er ihr ins Gesicht.

»Was ist denn los?«

Mary erzählte ihm hastig alles. Er ging langsam, wie es seine Art war, hinunter. Ging in den Salon, drehte das Licht an, und ohne einen Blick auf seine Frau zu werfen, schritt er zum Fenster und untersuchte die zertrümmerte Scheibe.

»Mir war so, als hätte ich etwas gehört, aber ich dachte, jemand hätte etwas fallen lassen. Wann geschah es denn? Kurz bevor du hinaufkamst?«

Mary nickte.

Maxell sah von einer zur andern. Seine Frau war fast sprachlos vor Schreck, Mary Maxell aber war ruhig.

»Nun ist es also soweit«, sagte Sir John sinnend. »Ich glaubte nicht, daß es so schnell kommen würde.«

Er ging in die Diele hinunter, wo das Telefon stand, und ließ sich mit dem Polizeirevier verbinden. Mary konnte alles hören, was er sagte.

»Jawohl, hier ist Sir John Maxell. Es ist eben ein Schuß durch mein Fenster gefeuert worden. Nein, nicht auf mich – ich war in meinem Arbeitszimmer. Es war anscheinend ein Büchsenschuß. Ja, ich hatte recht –«

Dann kam er zurück.

»In wenigen Minuten wird die Polizei hier sein und eine Untersuchung vornehmen. Aber ich bezweifle stark, daß sie den Täter fassen wird.«

»Könnte es nicht ein Zufall gewesen sein?« fragte Mary.

»Ein Zufall?« Er lächelte. »Kaum. Diese Art Zufall könnte womöglich noch einmal passieren. Es ist besser, wenn ihr beide mit mir ins Arbeitszimmer geht, bis die Polizei kommt.«

Er ging nach oben voraus. Dabei machte er keinen Versuch, seine Frau zu stützen, obgleich sie am ganzen Körper zitterte. Möglicherweise bemerkte er dies nicht, ehe sie im Zimmer waren; denn nach einem Blick auf ihr Gesicht schob er ihr einen Sessel hin.

»Setz dich!«

Das Arbeitszimmer war der einzige Raum, zu dem seine Frau selten Zutritt hatte. So sehr sie ihn in anderen Dingen beherrschte, in diesem Punkt blieb er fest. Darum war es vielleicht etwas Neues für sie – und das Neue, das auch das Weinen eines Kindes stillt, hat eine ähnliche Wirkung auf eine nervöse Frau.

Die Tür zum Safe stand offen, und auf dem großen Tisch lagen hoch aufgestapelt versiegelte Päckchen. Das einzige Geld, das sie sah, war ein dickes Bündel Banknoten, das mit einem Papierstreifen umklebt war, auf dem etwas geschrieben stand. Sie hatte noch nie in ihrem ganzen Leben soviel Geld gesehen. Maxell hatte anscheinend ihre Aufmerksamkeit bemerkt, denn er nahm das Geld und ließ es in einen großen Umschlag gleiten.

»Das ist dein Geld, Mary«, sagte er und blickte ihr über seine Brille zu.

Sie fühlte erst jetzt die Rückwirkung des Erlebten und bebte an allen Gliedern. Als sie aber erkannte, daß er sie ablenken wollte, lächelte sie und versuchte zu antworten.

»Mein Geld, Onkel?«

»Ich habe in der letzten Woche all deine Papiere verkauft«, sagte er. »Zufällig habe ich erfahren, daß die Gesellschaft, bei der dein Geld angelegt war, sehr schwere Verluste durch einen Versicherungsirrtum erlitten hat. Es ist nicht viel, aber du solltest kein weiteres Risiko auf dich nehmen. – Natürlich ist die Möglichkeit vorhanden, daß der Schuß zufällig abgefeuert wurde«, fuhr er fort und kam damit wieder auf das zurück, was noch immer seine Gedanken beschäftigte. Dann versank er in Nachdenken und ging schweigend im Zimmer auf und ab.

»Ich dachte, ihr wäret ausgegangen. Du sagtest mir doch, daß ihr in ein Konzert gehen wolltet.«

Ehe Mary erklären konnte, warum sie ihre Absicht geändert hätten, hörte er den Klang von Stimmen auf dem Vorplatz.

»Bleibt hier«, sagte Sir John. »Das ist die Polizei. Ich werde hinuntergehen und alles Notwendige erklären.«

Als ihr Mann fort war, stand Lady Maxell vom Sessel auf. Der Tisch mit den versiegelten Päckchen zog sie an wie ein Magnet. Sie nahm eins nach dem anderen in die Hände, und schließlich kam sie zu dem Umschlag, der Marys Erbteil enthielt. Sie hob ihn in die Höhe und wog ihn mit den Händen. Dann, mit einem tiefen Seufzer, legte sie das Paket auf den Tisch zurück.

»Das ist wirklich Geld genug.«

Mary lächelte.

»Leider nicht allzuviel. Vater war ziemlich arm, als er starb.«

»Das ist mehr Geld, als ich jemals gesehen habe, seit ich in diesem Haus bin, das kannst du mir glauben.«

Wie fasziniert kehrte sie noch einmal um, nahm den Umschlag wieder in die Hand und lugte hinein.

»So, er war arm? Ihr habt ja keine Ahnung, was Armut ist. Weißt du, was dies hier alles bedeutet?«

Sie hielt den Umschlag in die Höhe. Ihr Gesicht zeigte einen Ausdruck, wie ihn Mary noch niemals gesehen hatte.

»Es bedeutet Komfort, heißt frei sein von aller Not, heißt, daß du nicht Männern Liebe vorzuheucheln brauchst, die du verabscheust. Und das bedeutet wiederum, daß du dich nicht mit Leib und Seele verkaufen mußt, nur um überhaupt leben zu können.«

Mary war aufgestanden und starrte sie an.

»Lady Maxell! Warum – Ich habe das Geld noch niemals von dieser Seite betrachtet.«

»Warum solltest du auch?« entgegnete die Frau grob und warf das Paket auf den Tisch zurück. »Mein ganzes Leben lang habe ich einen solchen Haufen Geld haben wollen. Immer hing es vor meiner Nase, und immer wieder ist es mir entwischt – entwischt sagt man doch, nicht wahr? – Was sind das überhaupt für Bilder?« Sie änderte jäh das Gesprächsthema und deutete auf die eingerahmten Fotografien, die an den Wänden hingen. »Das sind wohl Fotografien aus Indien?«

»Aus Marokko. Sir John ist in Marokko geboren und lebte dort, bis er zur Schule kam. Er spricht Arabisch wie ein Eingeborener. Wußten Sie das nicht?«

»Marokko? Das ist seltsam . . .«

»Kennen Sie es?«

»Ich bin dort gewesen – früher einmal«, erwiderte Sadie kurz. »Fuhr Sir John oft dorthin?«

»Ehe er heiratete, ja. Er hatte dort früher geschäftlich viel zu tun, glaube ich.«

In diesem Augenblick kam Sir John zurück, und Mary bemerkte, daß sein erster Blick dem Tisch galt.

»Also, sie haben nichts gefunden«, sagte er dann, »weder Fußabdrücke noch die leere Hülse. Morgen werden sie den Grund absuchen. Lebbitter wollte mir einen Posten stellen, um das Haus wegen der anderen Geschichte zu schützen.«

»Wegen welcher anderen Geschichte?« fragte seine Frau schnell.

»Ach nichts – nichts was dich direkt angeht. Natürlich gab ich das nicht zu, es würde das Haus noch mehr ins Gerede bringen, als das jetzt schon der Fall ist. Und nun, glaube ich, ist es besser, wenn ihr zu Bett geht. Ich habe noch eine Menge zu tun.«

Seine Frau gehorchte ohne Widerrede. Mary wollte ihr folgen; er rief sie jedoch zurück.

»Mary«, sagte er und legte die Hand auf ihre Schulter, »ich gebe zu, daß ich nicht zu den Besten der Menschheit gehöre, aber eins habe ich immer versucht auf meine Weise: dich glücklich zu machen, meine Liebe. Du bist für mich immer wie eine Tochter gewesen.«

Sie sah mit leuchtenden Augen zu ihm auf.

»Es ist nicht alles so gewesen, wie es hätte sein sollen, im vergangenen Jahr«, fuhr er fort. »Ich habe einen ungeheuren Fehler begangen, aber ich beging ihn mit offenen Augen. Es ist für uns beide nicht sehr angenehm gewesen, aber es hat keinen Sinn, über etwas zu klagen, was man nicht ändern kann. Man hat mir erzählt, Mary, daß du diesen jungen Anderson öfter gesehen hast?«

Sie ärgerte sich, daß sie rot wurde, denn es war doch wirklich kein Grund dafür da. Sie brauchte auch nicht zu fragen, wer ›man‹ gewesen sei, sie ahnte es.

»Ich habe mich nach diesem Jungen erkundigt«, sprach er langsam weiter, »und ich kann dir sagen, er ist ein ehrlicher Kerl. Vielleicht hat er ein etwas ungewöhnliches Leben geführt, aber alles, was er zu Sadie sagte, beruht auf Wahrheit. Er ist rein, und, Mary, das bedeutet etwas in dieser Welt.«

Er schien sich nicht klar zu sein, wie er fortfahren sollte.

»Es könnte etwas geschehen, obgleich ich noch nicht alt bin, ich habe Feinde ...«

»Was sagst du da –?«

»Ich habe Feinde! Und einige sind voll Haß und wollen sich an mir rächen. Ich muß dir das sagen; denn wenn etwas geschehen sollte, und der junge Anderson ist in deiner Nähe – so gehe zu ihm. Ich kenne viele Menschen, gute, schlechte und gleichgültige; er ist weder schlecht noch gleichgültig. Und nun, gute Nacht!«

Er küßte sie auf die Stirn.

»Du brauchst deiner Tante nichts davon zu sagen, was wir hier miteinander gesprochen haben«, fügte er noch hinzu. Dann geleitete er sie zur Tür und schloß hinter ihr ab.

Eine Weile blieb er auf seinem Stuhl sitzen, ehe er wieder eine Bewegung machte. Darauf nahm er die Päckchen auf und wollte sie zum Safe tragen. Auf halbem Weg hielt er jedoch inne, setzte sich erneut hin und ließ die Stunden vorübergleiten, bis er glaubte, daß alles im Haus in festem Schlaf liege.

Um Mitternacht holte er sich ein Paar Gummischuhe aus einem Schrank, zog sie an und ging durch die Tür, die über den Balkon und die Treppe in den Garten führte. Mit unfehlbarer Sicherheit schritt er über den Rasen in einen Winkel seines Grundstückes, zu dem die Kunst des Gärtners nicht vorgedrungen war. Dann blieb er stehen und griff in die Büsche, um einen Spaten zu suchen, den er sorgfältig versteckt hatte. Als seine Hand das morsche Holz eines alten Spatens berührte, lächelte er. Sechs Jahre lang war das

Werkzeug dort versteckt geblieben, wo er es das letztemal hingestellt hatte. Jetzt näherte er sich einem kleinen Hügel und fing zu graben an. Der Boden war nachgiebig, und er brauchte nicht tief einzudringen, bis der Spaten auf Holz stieß. Er legte eine Fläche von zwei Fuß im Quadrat frei und zog dann einen kleinen halbmondförmigen Holzdeckel hervor, der in einen größeren Brunnendeckel eingelassen war; der Brunnen selbst war schon lange versiegt und zuerst von dem früheren Eigentümer und dann wieder von Maxell zugedeckt worden.

Er legte sich in seiner ganzen Länge auf den Boden und langte durch die Öffnung hinunter; seine Finger tasteten nach einem großen, rostigen Nagel, an dem ein langer Draht hing. Am Ende des Drahtes war ein kleiner Lederbeutel befestigt. Diesen zog er heraus, und nachdem er ihn losgemacht und auf die Seite gelegt hatte, ließ er das freie Ende des Drahtes wieder in den Brunnen fallen. Dann legte er den Holzdeckel wieder auf seinen alten Platz und bedeckte alles mit Erde.

Im Schatten der Büsche stand eine in einen Mantel gehüllte Gestalt und beobachtete ihn. Sie war ihm geräuschlos über den Rasenplatz gefolgt, sah, wie er den Beutel herauszog, ihn mit ins Haus nahm und über die Treppe in sein Arbeitszimmer verschwand. Die Nacht war so still, daß der Beobachter das Klappern der unteren Tür beim Schließen hören konnte und das leise Tappen der Schritte, als Sir John in das obere Stockwerk stieg.

10

Mr. Goldberg, der Eigentümer der Drogerie am Paradeplatz, war ein Mann, der weder eine Spur Phantasie noch eine romantische Ader besaß. Er ließ mit großer Entschiedenheit Timothy rufen, und dieser kam mit dem Gefühl, daß etwas nicht in Ordnung sei.

»Mr. Anderson«, sagte Goldberg in gebieterischem Ton, »ich habe Sie in meinem Laden angestellt, weil ich jemanden brauchte und weil ich annahm, daß Sie einige Geschäftserfahrung besäßen.«

»Ich habe ja Geschäftserfahrung«, erwiderte Timothy.

»Ich habe Ihnen in einem sehr wesentlichen Punkt ganz genaue Anweisungen gegeben«, fuhr Mr. Goldberg feierlich fort. »Wir haben ein gut assortiertes Lager der besten Patentmedizinen, und unsere Kunden können diese auf Verlangen stets bekommen. Aber wie Sie wissen, machen wir jede dieser Medizinen nach; wir nehmen genau dieselben Bestandteile und verlangen sechs Pence bis einen Shilling weniger dafür – wir schützen also tatsächlich das Publikum vor finanzieller Überforderung.«

»Ich verstehe«, meinte Timothy, »aber ich sehe eigentlich nicht viel Unterschied, ob man nun das Publikum oder den Erfinder der Patentmedizin bestiehlt. Und all diese sogenannten gleichwertigen Mittel haben mich nie sehr überzeugt. Man muß doch bedenken«, er lehnte sich mit dem Ernst eines Kreuzfahrers über das Pult, »der angepriesene Artikel muß sogar in der Qualität noch besser sein, er muß durch und durch gut sein. Sie können doch nicht einen schlechten Artikel anpreisen; Sie werden ihn höchstens einmal verkaufen, und das macht die Reklame nicht bezahlt. Die Ware verkauft sich selbst, und die Reklame ist nur dazu da, um einen ersten Anreiz zu geben.«

»Ich brauche keine Vorlesung über Reklame oder Handelsmoral.« Mr. Goldbergs Ruhe war unheilverkündend. »Ich möchte Ihnen nur mitteilen, daß mein erster Verkäufer hörte, wie Sie zu einem Kunden sagten, er solle sein Heil lieber nicht mit einer meiner selbstgemachten Pillen versuchen.«

»Das stimmt.« Timothy nickte nachdrücklich mit dem Kopf.

»Ich habe noch eine weitere Beschwerde.« Mr. Goldberg suchte mit gemachter Wichtigkeit in einem kleinen Notizbuch. »Ich habe gehört, daß Sie die abscheuliche Gewohnheit eingeführt haben, mit den Kunden um ihr Wechselgeld ›Kopf oder Zahl‹ zu spielen. Seine Hochwürden Mr. Joyce hat mir dieserhalb einen heftigen Beschwerdebrief geschrieben.«

»Weil er verloren hat!« Timothy war entrüstet. »Was ist denn Schlimmes dabei? Ich stecke das Geld doch nicht ein, aber ich gewinne von drei Spielen zwei. Wenn jemand die Chance versuchen will, ob er sechs Pence gewinnt oder wir einen Shilling – weshalb sich darüber aufregen? Sie sehen doch, daß ich ganz in Ihrem Interesse handle!«

Der empörte Mr. Goldberg wurde scheckig vor Wut.

»Das mag ja ganz gut sein für einen Jahrmarkt oder meinetwegen für eine Landkrämerei! Aber für die Drogerie am Paradeplatz schickt sich das nicht. Sie sind von heute ab entlassen.«

»Sie verlieren einen tüchtigen Mitarbeiter«, mahnte Timothy ernsthaft, aber sein Arbeitgeber schien sich diesen Verlust nicht sehr zu Herzen zu nehmen, sondern im Gegenteil eine gewisse Erleichterung zu empfinden.

Alle Stellungen von ›Trau-Allen-Chancen‹ Anderson endeten auf diese oder ähnliche Weise. Er konnte sich gar nicht vorstellen, daß es auch einen anderen Abschluß geben könnte, und betrachtete die Geldsumme, die er an Stelle der Kündigung oder zum Ausgleich des Kontraktbruchs erhielt, als eine Art Heckpfennig, den eine gütige Vorsehung ihm bestimmt hatte. So war er weder niedergeschlagen noch froh über die neue Krisis in seinem Berufsleben, als er durch einen glücklichen Zufall Mary Maxell traf – das Glück dabei war unverkennbar, aber der Zufall war ähnlich dem, der die Abfahrtzeiten der Züge bestimmt.

Bisher waren diese Zusammenkünfte für Mary mit einer gewissen Besorgnis, wenn nicht Angst verbunden gewesen. Es hatte damit angefangen, daß Timothy sie an jenem Morgen nach seinem Streit mit Lady Maxell angehalten und behutsam über die Verhältnisse jener Dame auszufragen begonnen hatte. Damals war sie energisch darauf bedacht gewesen, die Unterhaltung abzubrechen, und es hatte ihrer ganzen Selbstbeherrschung bedurft, um nicht vor diesem boshaften jungen Mann die Flucht zu ergreifen.

Bei ihrem zweiten Zusammentreffen hatte er sie bereits wie eine alte Freundin begrüßt, und sie trennte sich von ihm mit dem Gefühl, ihn schon seit langem zu kennen. So ging alles langsam seinen Weg, und zwar hauptsächlich deshalb, weil Timothy Anderson so ganz anders war als alle anderen jungen Leute, die sie kannte.

Er sagte ihr keine Schmeicheleien, er wurde nicht sentimental, er versuchte weder ihre Hand festzuhalten noch sie zu küssen, auch wurde er nicht von jener merkwürdigen Melancholie beherrscht, die das Erbteil und der Stolz der Jugend ist. Denn nicht ein einziges Mal deutete er seinen frühen Tod an oder seine Absicht, in fernen Ländern zu sterben. Statt dessen brachte er sie oft zu herzhaftem Lachen, wenn er ihr die Entstehung eines Films vorführte. Er bat sie auch um kein Andenken. Das einzige, worum er sie bat, war eine Schachtel Streichhölzer, die sie nun immer in der Handtasche hatte, denn bei ›Trau-Allen-Chancen‹ Anderson reichten sie nie länger als eine Stunde.

Timothy erzählte ihr alles, was sich zwischen ihm und dem Drogeriebesitzer zugetragen hatte. Mary glaubte zuerst, es sei ein Spaß, denn Timothy stellte es so dar.

»Aber Sie werden doch nicht so bald von hier fortgehen?« fragte sie.

»Nicht eher, als bis ich ins Ausland gehe.«

»Ins Ausland wollen Sie gehen?«

Er nickte.

»Ich werde nach Paris und Monte Carlo gehen – besonders nach Monte Carlo, und nachher vielleicht nach Algerien oder Ägypten.«

Sie sah mit großem Respekt zu ihm auf. Nicht die bedeutenden Geldmittel, die seine Pläne verrieten, machten einen so großen Eindruck auf sie, sondern seine Selbständigkeit, und sie wunderte sich im stillen, warum er für ein kleines Gehalt in einer Drogerie arbeitete, wenn er –

»Warum werden Sie denn rot?« wollte Timothy neugierig wissen.

»Ich werde ja gar nicht rot«, widersprach sie. »Ich dachte nur gerade darüber nach, ob ich mir wohl jemals eine solche Reise werde leisten können.«

»Na, selbstverständlich«, sagte der junge Mann verächtlich. »Wenn ich es kann, können Sie es doch erst recht, nicht wahr? Wenn ich ins Ausland gehen und dort in den besten Hotels wohnen will, wenn ich Vergnügungsfahrten in die Alpen machen möchte und dabei kaum fünfzehn Shilling mehr habe, als meine Miete ausmacht –«

»Was, Sie besitzen nur noch fünfzehn Shilling!« rief sie entsetzt. »Aber wie können Sie denn ohne Geld ins Ausland gehen?«

Timothy war ehrlich erstaunt über die dumme Frage.

»Na, was denn, ich versuche es eben. So etwas Unwesentliches wie Geld zählt doch gar nicht.«

»Sie sind doch ein bißchen töricht. Aber ich muß Ihnen noch etwas erzählen, Mr. Anderson.«

»Sie können ruhig Timothy zu mir sagen.«

»Das will ich aber nicht.«

Er schüttelte verdrießlich den Kopf.

»Es wäre viel gemütlicher, wenn Sie mich Timothy nennten und ich Sie Mary!«

»Wir können auch ohne diese Vertraulichkeit gemütlich sein«, unterbrach sie ihn streng. »Aber ich wollte Ihnen doch etwas erzählen.«

Sie setzten sich zusammen ins Gras, in den Schatten einer großen Eiche, und der das Gezweig durchdringende Sonnenschein malte seine verschwimmenden Arabesken auf ihren Schoß.

»Sie müssen wissen«, fing sie nach einer Pause an, »in der vergangenen Nacht hatte ich zwei merkwürdige Erlebnisse, und ich habe mich zu Tode erschreckt.«

»Wenn man des Abends zu viel ißt«, Timothy tat weise, »besonders kurz vor dem Zubettgehen –«

»Aber ich habe doch nicht geträumt«, rief sie empört, »es war auch kein Alpdruck. Wenn Sie so ekelhaft sind, werde ich nichts erzählen.«

»Ich sprach nur als Ex-Chemiker und Drogist, bitte seien Sie nicht böse. Erzählen Sie mir, was geschehen ist, Mary.«

»Miss Maxell«, wies sie ihn zurecht.

»Miss Mary Maxell«, gab er nach.

»Zuerst werde ich Ihnen das weniger Schlimme erzählen. Es war ungefähr um ein Uhr morgens. Ich war entsetzlich müde zu Bett gegangen, aber trotzdem konnte ich nicht einschlafen, darum stand ich wieder auf und ging im Zimmer umher. Ich wollte kein Licht machen, denn dann hätte ich die Rollos herunterlassen müssen, die ich offengelassen hatte, und die Rollos machen einen solchen Lärm, daß ich fürchtete, das ganze Haus würde es hören. So zog ich meinen Morgenrock an und setzte mich ans Fenster. Es war ziemlich kühl, aber mein Rock war warm, und ich duselte im Sitzen ein. Ich weiß nicht, wie lange ich schlief, aber es war wohl eine Stunde. Als ich erwachte, sah ich einen Mann mitten auf dem Rasenplatz stehen.«

Timothys Interesse wurde rege.

»Was für einen Mann?«

»Das ist eben das Merkwürdige. Es war kein Weißer.«

»Ein Neger?« fragte er.

Sie schüttelte den Kopf.

»Nein, ich glaube, es muß ein Maure gewesen sein. Er trug ein langes weißes Gewand, das bis zu den Knöcheln reichte, und darüber hatte er einen langen, schweren schwarzen Mantel geschlagen.«

Timothy nickte.

»Na und?«

»Er ging um die Ecke des Hauses auf Onkels kleine Privattreppe zu, und dann blieb er ziemlich lange fort. Mein erster Gedanke war, Onkel zu wecken und ihm alles zu sagen, aber dann dachte ich daran, daß Sir John lange Zeit in Marokko zugebracht hat und womöglich wußte, daß der Mann im Haus war. Wir haben nämlich schon öfter maurische Besucher gehabt, wenn Schiffe nach Poole kamen. Aber Mr. Anderson, Sie lachen mich ja aus«, unterbrach sie sich ganz plötzlich.

»Was Sie für Auslachen halten, ist nur ein strahlendes Lächeln vor lauter Freude darüber, daß Sie mich ins Vertrauen gezogen haben.«

Sie war im Zweifel, ob sie sich freuen oder ärgern sollte, doch er fuhr ernsthafter fort: »Die Vorstellung, daß sich ein aufgeputzter Orientale mitten in der Nacht unter Ihrem Schlafzimmerfenster herumtreibt, ist mir nicht sehr angenehm. Haben Sie mit Lady Maxell darüber gesprochen?«

Mary schüttelte den Kopf.

»Nein, sie ist sehr früh aufgestanden und war den ganzen Tag fort. Ich habe sie noch gar nicht gesehen – sie kam nicht einmal zum Frühstück. Jetzt will ich Ihnen aber erst das Wichtigste erzählen und hoffe, Mr. Anderson, daß Sie keine dummen Witze machen.«

Mary hatte jedoch keinen Grund, sich über sein Betragen zu beschweren, als sie ihm nun von der Schießerei berichtete. Er war entsetzt.

»Das ist ja schrecklich! Das hätte Sie ja treffen können!«

»Allerdings hätte es mich treffen können.« Sie war etwas gekränkt. »Das ist ja die Hauptsache bei der Geschichte, soweit es Sie betrifft – ich wollte sagen, soweit es mich betrifft«, fügte sie verwirrt hinzu.

»Soweit es mich betrifft, ebenfalls«, versicherte Timothy ruhig. »Mir ist der Gedanke schrecklich, daß Ihnen etwas hätte geschehen können.«

Sie erhob sich eilig.

»Ich muß nun einkaufen gehen.«

»Warum auf einmal so eilig?« murrte Timothy.

»Mr. Anderson«, sie schien seine Frage zu überhören, »ich möchte nicht, daß Sie glauben, Onkel denke wegen der damaligen Szene schlecht von Ihnen. Er hat gestern abend von Ihnen gesprochen, und zwar sehr nett. Ich ängstige mich zu Tode wegen Sir John. Er hat sich im Leben Feinde gemacht, und sicherlich ist die Geschichte mit dem Schuß die Folge irgendeines alten Streites.«

Timothy nickte.

»Das scheint mir beinahe auch so!« Er blickte gedankenvoll auf das Gras nieder. »Nun gut, ich gehe jetzt nach Hause. Es wird besser sein, daß ich nachmittags schlafe, wenn ich die ganze Nacht auf sein will.«

»Nacht auf sein? Was ist denn los? Wollen Sie auf einen Ball gehen?«

»Es wird etwas lebhafter zugehen als auf einem Ball«, meinte er grimmig, »falls ich heute nacht jemanden in Ihrem Garten finde. Und, Miss Maxell, wenn Sie aus dem Fenster sehen sollten und eine einsame Gestalt erblicken, die Schildwache steht – schießen Sie bitte nicht, denn das bin ich.«

»Das dürfen Sie nicht tun! Bitte, tun Sie das nicht, Mr. Anderson. Onkel würde –«

Er unterbrach sie mit einer Geste.

»Möglicherweise kommt heute nacht niemand, und wahrscheinlich werde ich von der Polizei als verdächtiges Subjekt aufgegriffen werden. Aber eine Chance ist da, daß doch jemand kommt – und dieser Chance will ich trauen.«

11

Timothy ging in seine Wohnung zurück und verschlief den ganzen Nachmittag. Er hatte die Gabe, die alle großen Männer haben: Er konnte schlafen, sobald er wollte. Er wohnte in einer Pension und hatte ein Zimmer, das ursprünglich eine Seitenveranda gewesen war. Man hatte diese ummauert und dadurch in ein Schlafzimmer verwandelt. Es war für ihn ein ganz besonders passendes Zimmer, und er hatte dies schon verschiedentlich ausprobiert. Er brauchte nur das Fenster zu öffnen und sich auf den Rasen gleiten zu lassen, und er konnte ausgehen, ohne daß irgend jemand im Hause es erfuhr. Und was noch wichtiger war: er konnte zu jeder Stunde auf dem gleichen Weg zurückkehren, ohne die Hausangestellten stören zu müssen. Das sei ein ganz wesentlicher Vorteil, dachte Timothy.

Er aß sein Abendbrot und ging fort, als es noch ziemlich hell war. Er konnte um das Haus Sir Johns herumgehen, das auf einem Eckgrundstück stand und auf zwei Seiten von Hecken umgeben war. Er sah niemanden, aber als er zur Front des Hauses zurückkam, fuhr gerade ein Auto vor, dem eine Frau entstieg. Sofort erkannte er Lady Maxell, aber das Taxi interessierte ihn mehr als die Dame. Der Wagen war mit Schmutz bespritzt und hatte augenscheinlich eine weite Fahrt hinter sich. Es war klar, daß sie den Wagen noch weiterhin brauchen würde, denn sie gab dem Chauffeur einige Anweisungen sowie Geld, und aus dem tiefen Respekt, den der Fahrer zeigte, konnte Timothy unschwer erkennen, daß es nur ein Trinkgeld war.

Timothy stand so, daß er deutlich gesehen werden konnte, aber sie wandte ihm die ganze Zeit den Rücken zu und sah sich auch nicht um, als sie durch das Gartentor dem Hause zuschritt.

Seltsam, dachte Timothy, daß sie den Wagen nicht bis zur Auffahrt fahren läßt. Noch seltsamer, daß sie zu dieser späten Stunde noch Verwendung für ihn zu haben scheint.

Er kehrte nach Hause zurück, eine Menge Theorien im Kopf, von denen die meisten ganz wild und unwahrscheinlich waren. Auf seinem Bett gab er sich jenen Träumereien hin, die ihm die glücklichsten Stunden schenkten. Seit kurzem hatte er in das Gewebe seiner Phantasie ein neues Muster geflochten und –

»Ach, Possen«, sagte er ärgerlich, rollte sich auf die andere Seite und setzte sich mit einem Gähnen auf.

Er hörte die Schritte der Pensionäre auf dem Kiesweg draußen, und dann hörte er, wie ein Mädchen, wahrscheinlich zu einem Besucher, sagte: »Sehen Sie das komische Zimmer da? Da wohnt Mr. Anderson.«

Er hatte noch eine Stunde Zeit und ging zu den übrigen Pensionären ins Wohnzimmer, war aber so unruhig und zerstreut, daß er eine gelinde Spöttelei der Mitpensionäre herausforderte. Er kehrte daher in sein Zimmer zurück, machte Licht und zog einen Koffer unter dem Bett hervor.

Irgendwie hatten sich seine Gedanken den ganzen Tag mit diesem umherirrenden Vetter beschäftigt, dessen Namen er trug und dessen Verschwinden aus der Öffentlichkeit ein Geheimnis umgab. Vielleicht waren es Sir Johns Worte, die ihm Alfred Cartwright wieder ins Gedächtnis gebracht hatten. Seine Mutter hatte ihm eine Anzahl Familiendokumente hinterlassen, die er – mit der Sorglosigkeit der Jugend – niemals sehr genau durchgesehen hatte. Er hatte nur die Vorstellung, daß es sich hauptsächlich um alte Diplome seines Vaters, der Ingenieur gewesen war, und verschiedene alte Familiendokumente handelte.

Jetzt nahm er die beiden großen Umschläge heraus, in denen diese Papiere steckten, breitete sie auf dem Bett aus, und sah eines nach dem andern durch. Warum er dabei an seinen Vetter dachte und warum er die Durchsicht gerade in diesem besonderen Augenblick vornahm, kann vielleicht nur ein Psychologe erklären. Man könnte von Fluidum, Telepathie oder Gedankenübertragung sprechen.

Er hatte noch nicht lange herumgesucht, als er ein kleines Bündel Zeitungsausschnitte in die Hand bekam, die mit einem Gummiband zusammengehalten waren. Er las sie zuerst ohne Interesse, dann ohne sie zu verstehen. Ein Ausschnitt jedoch schien ihm plötzlich alles aufzuhellen. Er lautete:

›Als Cartwright aufstand, um das Urteil entgegenzunehmen, schien er durch den Ernst seiner Lage nicht beunruhigt zu sein. Als jedoch die Worte »Zwanzig Jahre« von Richter Maxells

Lippen ertönten, fuhr er zurück, als hätte ihn ein Schlag getroffen. Dann sprang er an das Gitter der Anklagebank und brüllte Seiner Lordschaft eine Beleidigung ins Gesicht. Einige seiner Geschäftsfreunde behaupteten, daß der Richter Cartwrights Teilhaber gewesen sei – eine verwunderliche und sehr unziemliche Behauptung, denn der Angeklagte selbst hatte vor dem Gerichtshof festgestellt, daß die Zeitungsmeldung, der Richter habe mit ihm geschäftlich zu tun gehabt, unwahr sei. Sir John Maxell tat bei diesem Fall den ungewöhnlichen Schritt, den Vertreter der Pressevereinigung dahingehend zu informieren, daß er die Angelegenheit in die Hände eines Untersuchungskomitees legen wolle und daß er den Justizminister aufgefordert habe, dieses Untersuchungskomitee zu ernennen. »Ich muß darauf bestehen«, sagte er, »denn nach diesen Gerüchten werde ich mich so lange nicht frei fühlen, bis ein unparteiisches Komitee die Angelegenheit geprüft hat.« Es ist selbstverständlich, daß der Richter sich bis zu der Untersuchung vom Amt zurückziehen wird.‹

Timothy keuchte. Das also war die Erklärung. Darum hatte Maxell ihm geschrieben, darum hatte er nicht von seinem Vater, sondern von diesem verrufenen Vetter gesprochen. Langsam legte er die Papiere in den Umschlag zurück und schob den Koffer wieder unters Bett. Das also war das Geheimnis um das Verschwinden von Vetter Cartwright. Er hätte es längst wissen können, wenn er sich die Mühe gemacht hätte, in die Papiere hineinzusehen. Nun saß er auf dem Bettrand, die Hände um die Knie geschlungen. Es war kein angenehmer Gedanke, daß er einen Verwandten hatte, und noch dazu einen Verwandten, dessen Namen er trug, der eine fast lebenslängliche Strafe in einem Zuchthaus absaß. Aber warum hatte er gerade heute daran denken müssen?

»Timothy!« hörte er vom Fenster her eine Stimme.

Timothy schrak zusammen und sah sich um. Der Mann, dessen Gesicht durch das offene Fenster hereinschaute, konnte vierzig, fünfzig oder sechzig Jahre alt sein. Sein stark durchfurchtes und eingefallenes Gesicht sah hungrig aus, aber die Augen lagen tief in den Höhlen und brannten feurig. Timothy sprang auf.

»Hallo! Wen meinen Sie da mit Timothy?«

»Du kennst mich nicht mehr, wie?« lachte der Mann unangenehm. »Kann ich hineinkommen?«

»Kommen Sie nur!«

Er war neugierig, was das wohl für ein alter Bekannter sein mochte, der bis zum Landstreicher herabgesunken war, und schnell überschlug er im Geist alle möglichen Kandidaten für die Landstreicherei, denen er begegnet war.

»Du kennst mich nicht mehr, wie?« fragte der Mann noch einmal. »Nun, ich habe dich hier aufgespürt und sitze schon zwei Stunden lang im Gebüsch. Ich hörte jemanden sagen, daß dies dein Fenster sei, und wartete bis zum Dunkelwerden, um herauszukommen.«

»Das ist ja alles hochinteressant«, Timothy musterte die zusammengesunkene Gestalt nicht gerade begeistert, »aber wer sind Sie eigentlich?«

»Ich habe Strafaufschub bekommen, und sie haben mich in ein Sanatorium gesteckt, denn ich bin nicht taktfest auf der Lunge. Das hat mich schon immer gestört. Ich sollte im Sanatorium bleiben – das war eine der Bedingungen, unter denen ich Strafaufschub erhielt –, aber ich bin dort ausgerissen.«

Timothy starrte ihn mit offenem Mund an.

»Alfred Cartwright!« flüsterte er.

Der Mann nickte.

»Der bin ich.«

Timothy blickte auf die hervorstehende Ecke des schwarzen Koffers.

»Darum also mußte ich an dich denken. Das ist ja wirklich merkwürdig! Setz dich doch, bitte.«

Er zog einen Stuhl für seinen Besucher heran und blickte ihn wieder voller Neugier, doch ohne Zuneigung an. Irgend etwas in Timothys Haltung ärgerte Cartwright.

»Du freust dich wohl nicht gerade, mich zu sehen?«

»Nicht sehr«, gab Timothy zu. »Tatsache ist, daß du, von mir aus gesehen, eigentlich erst seit einigen Augenblicken existierst. Ich hielt dich nämlich für tot.«

»Du wußtest nichts?«

Timothy schüttelte den Kopf.

»Nichts, bis vor einigen Minuten. Da las ich gerade die Zeitungsausschnitte über deine Gerichtsverhandlung –«

»So, das hast du gelesen? Ich würde sie mir auch mal gern dieser Tage ansehen. Weißt du nun, warum ich hier bin?«

Erst in diesem Augenblick blitzte Timothy der Gedanke an Sir John durch den Kopf.

»Ich kann mir denken, warum du gekommen bist«, sagte er langsam, »du willst zu Sir John Maxell gehen.«

»Jawohl, ich will den Richter Maxell besuchen. Du kannst gut raten.« Er nahm einen Zigarrenstumpen aus seiner Westentasche und zündete ihn an. »John Maxell und ich, wir haben noch eine Rechnung glattzumachen, und das wird sehr bald geschehen.«

»Wenn Zeit und Wetter es gestatten.« Timothy, der langsam seine Selbstbeherrschung wiedergewann, wurde keck. »Diese ganzen Revanchegedanken sind Unsinn, Cartwright.« Dann fragte er, von einem plötzlichen Gedanken erfaßt: »Hast du letzte Nacht auf ihn geschossen?«

Das Erstaunen des Mannes war eine überzeugende Antwort.

»Auf ihn geschossen? Ich bin ja erst heute nachmittag hierhergekommen. Höchstwahrscheinlich wird er bereits darauf warten, mich niederzuknallen; denn die Leute vom Sanatorium werden ihm in dem gleichen Augenblick telegrafiert haben, in dem ich vermißt wurde.«

Timothy ging zum Fenster und ließ die Rollos herunter.

»Bevor wir weiterreden, Cartwright – hat der Richter deinen Schwindel mitgemacht oder nicht?«

»Freilich hat er mitgemacht!« rief Cartwright wütend. »Selbstverständlich. Ich habe das Geld meiner Gesellschaft dazu verwendet, von der maurischen Regierung die Konzession zu kaufen, sowohl in seinem Namen wie in meinem. Bei dem Schwindel mit Brigot war er nicht beteiligt – aber er hatte Aktien von der Gesellschaft, die ich finanzierte. Wir hatten eine Goldmine ausfindig gemacht im Angera-Land, und Maxell und ich fuhren jedes Jahr nach Marokko, um unsere Besitzungen zu inspizieren. Wir mußten darüber Stillschweigen bewahren, weil wir uns die Konzessionen von dem Kronprätendenten gesichert hatten; wir wußten ja, daß dieser nur den geeigneten Moment abwartete, um den Sultan abzusetzen. Wenn es bekanntgeworden wäre, so hätte der Sultan die Konzessionen annulliert, und unsere Regierung hätte ihn unterstützt. Maxell spricht die Sprache wie ein Eingeborener, und ich hatte genug gelernt, um mich mit El Mograb zu verständigen, der unter den rebellierenden Stämmen die größte Anhängerschaft hatte. El Mograb wollte, daß Maxell und ich dort blieben; er hätte uns zu Scheichs oder Paschas gemacht, und ich hätte es auch gern getan, weil ich wußte, daß meine Gesellschaftsgründungen früher oder später in eine Untersuchung verwickelt werden würden. Aber Maxell wollte nicht. Er behauptete immer, daß meine Finanzgeschäfte, soweit er sie übersah, unangreifbar seien. Das übrige weißt du. Als ich vor Maxell kam, glaubte ich in Sicherheit zu sein.«

»Aber Sir John hat doch seine Angelegenheit einer Prüfung unterworfen. Wenn er wirklich in dieses marokkanische Geschäft verwickelt gewesen wäre, so hätte man darüber doch Belege finden müssen.«

Cartwright lachte mißtönend.

»Natürlich hat er sich einer Prüfung unterzogen«, höhnte er. »Glaubst du vielleicht, dieser alte Fuchs hätte nicht alle Dokumente verbergen können, die ihn ins Unrecht setzten? Papiere? Mein Gott, da gibt es sicher genug Papiere – wenn man sie nur finden könnte!«

»Was willst du nun tun?« Timothy war entschlossen, zu verhindern, daß dieser Mann den Seelenfrieden einer gewissen Dame störte, deren Schlafzimmer über dem Rasenplatz lag.

»Was ich tun will?« erwiderte Cartwright. »Nun, ich werde hingehen und mir meinen Anteil am Gewinn holen. Und er kann froh sein, wenn das alles ist, was er verliert. Eine der Minen wurde im vergangenen Jahr an ein Syndikat verkauft – ich habe diese Nachricht im Gefängnis erhalten. Er hat nicht viel dafür bekommen, weil er es sehr eilig hatte, zu verkaufen – wahrscheinlich sind im vergangenen Jahr seine andern Investierungen schiefgegangen –, aber ich will meinen Anteil haben.«

Timothy nickte. »Dann wäre es am besten, wenn du Sir John morgen besuchtest. Ich werde dafür sorgen, daß er dich empfängt.«

»Morgen!« sagte Cartwright verächtlich. »Angenommen, du könntest die Sache arrangieren, was würde dann geschehen? Wenn ich hinginge, so wären schon ein paar Polizisten da, um mich festzunehmen. Ich kenne meinen John! Nein, ich werde ihn heute nacht besuchen.«

»Das wirst du nicht tun!«

»Nanu, was geht denn das dich an?«

»Eine ganze Menge. Ich möchte nur feststellen, daß du heute nacht nicht hingehen wirst.«

Cartwright strich unentschlossen über sein borstiges Kinn.

»Na gut«, meinte er dann in einem milderen Ton, »meinetwegen verabrede ein Treffen für morgen früh.«

»Wo schläfst du heute nacht?« fragte Timothy. »Hast du überhaupt Geld?«

Er hatte ein wenig Geld und wollte im Haus eines Mannes schlafen, den er in besseren Zeiten gekannt hatte. Timothy begleitete ihn durch das Fenster auf die Straße und ging noch ein Stück mit ihm.

»Wenn meine Spekulation gelungen wäre, so würdest auch du deinen Nutzen davon gehabt haben, Anderson«, meinte der Mann plötzlich und unterbrach damit ein anderes Thema, über das sie gerade gesprochen hatten.

Sie trennten sich, und Timothy sah ihm nach, bis er ihn aus den Augen verlor, dann drehte er sich um und ging in die entgegengesetzte Richtung, um seinen selbstgewählten Wachtposten zu beziehen.

12

Es lag eine seltsame Spannung in der Luft, und Mary Maxell fühlte es, als sie mit Sir John und seiner Frau beim Abendessen saß. Maxell war ungewöhnlich schweigsam und seine Frau erstaunlicherweise auch. Sie war sehr nervös und fuhr förmlich in die Höhe, wenn man sie anredete. Die alte Unfreundlichkeit, die sonst aus ihren Worten und Gebärden sprach, ihre Bereitschaft, immer beleidigt zu sein und in der unschuldigsten Bemerkung etwas Abfälliges zu finden, überhaupt ihre Streitsucht – alles war verschwunden; sie war fast sanft, wenn sie auf die Fragen antwortete.

»Ich habe Einkäufe gemacht und dann Lust bekommen ein Mädchen zu besuchen, das ich vor langer Zeit einmal kannte. Sie lebt auf dem Land, und ich war so nervös und niedergeschlagen heute morgen, daß ich dachte, eine Autofahrt würde mir guttun.«

»Warum hast du denn nicht unseren Wagen genommen?«

»Ich habe mich erst im letzten Moment entschlossen hinauszufahren, und da bin ich eine Strecke mit der Bahn gefahren.«

Sir John billigte das.

»Ich freue mich, wenn du in die frische Luft kommst. Das wird dir guttun. Das Land hier ist zwar nicht so schön wie Honolulu, aber es hat auch seine Reize.«

Es geschah sehr selten, daß der Richter sarkastisch wurde, es geschah aber noch seltener, daß Lady Maxell seinen Sarkasmus ohne Entgegnung hinnahm. Zu Marys Verwunderung erwiderte sie nichts. Nur ein schwaches Lächeln kräuselte eine Sekunde lang ihre schmalen Lippen.

»Glaubst du, daß das gestern abend ein Einbrecher war?« fragte sie plötzlich.

»Gott bewahre! Einbrecher schießen doch nicht auf das Haus, in das sie einbrechen wollen.«

»Hältst du es aber nicht für gefährlich, das ganze Geld im Haus zu haben?«

»In meinem Safe ist es völlig sicher.«

Weiter wurde über diese Sache nicht gesprochen, und Sir John ging nunmehr in sein Arbeitszimmer hinauf. Lady Maxell zog einen Stuhl an den Kamin des Eßzimmers und fing an zu lesen. Mary folgte ihrem Beispiel. Dann stand Sadie auf, verließ das Zimmer und kehrte erst nach einer Viertelstunde zurück.

»Mary«, bat sie so sanft, daß das Mädchen fast erschrak, »mir ist etwas sehr Unangenehmes passiert – ich habe den Schlüssel zu meinem Kleiderschrank verloren. Du hast dir doch neulich einen von Sir Johns Doppelschlüsseln geliehen – wo hast du das Schlüsselbund hingelegt?«

John Maxell war ein systematischer, ja pedantischer Mann. Er hatte einen Doppelsatz von allen Schlüsseln, die im Haus vorhanden waren, und dieses Bund lag gewöhnlich in einem kleinen, eingemauerten Safe seines Schlafzimmers.

Mary zögerte.

»Meinen Sie nicht, wenn Sie Onkel darum bitten würden –«

»Meine Liebe«, lächelte die Lady, »wenn ich jetzt zu ihm ginge, so würde er mir meine Unachtsamkeit nie verzeihen. Wenn du weißt, wo die Schlüssel liegen, sei ein Engel und hole sie für mich.«

Mary stand auf, und Lady Maxell folgte ihr nach oben. Ihr eigenes Zimmer und das ihres Mannes lagen nebeneinander und waren durch eine Tür verbunden, aber die Tür war stets von Maxells Zimmer aus verschlossen.

Bald trat Mary zu ihr ins Zimmer.

»Hier sind sie. Bitte lassen Sie sie mich gleich wieder zurücklegen. Ich fühle mich nicht ganz wohl, daß ich sie ohne seine Erlaubnis fortgenommen habe.«

»Sage ihm um Gottes willen nichts davon«, sagte Lady Maxell und probierte die Schlüssel.

Endlich fand sie den, den sie brauchte, aber es dauerte ziemlich lange. Sie schloß ihren Schrank auf, und Mary nahm das große Schlüsselbund mit so sichtlicher Erleichterung wieder entgegen, daß Lady Maxell lachen mußte. Es war alles leichter gegangen, als sie gedacht hatte. Wenn sie sich nicht irrte, mußte der Schlüssel, den sie vom Bund losgemacht hatte, während sie an ihrem Schloß herumprobierte, der sein, der ihr das Gewünschte verschaffen konnte.

Es war nicht die Gewohnheit Sir Johns, sein Arbeitszimmer zu verlassen, um nach dem Essen den Damen Gesellschaft zu leisten, aber heute abend machte er eine Ausnahme. Er fand seine Frau und seine Nichte mit Lesen beschäftigt. Lady Maxell sah auf, als ihr Mann hereinkam.

»Das ist hier eine merkwürdige Erzählung, John. Wahrscheinlich ist sie amerikanisch. Sie handelt von einer Frau, die ihren Mann bestohlen hat, und die Polizei weigert sich, sie zu verhaften.«

»Dabei ist nichts Merkwürdiges«, erwiderte der Jurist, »gesetzlich kann weder die Frau den Mann noch der Mann die Frau bestehlen.«

»Auf diese Weise bist du also zu meinem Besitz in Honolulu gekommen und hast meine Perlen gestohlen!« rief sie neckend. »Und ich konnte dich nicht verhaften lassen!«

Sie lachten beide. Er hatte sie noch nie so liebenswürdig gesehen, und zum erstenmal an diesem Tag – es war ein anstrengender und kritischer Tag gewesen – wurde er von bösen Ahnungen gequält. Sie dagegen, die daran dachte, was sie tagsüber erreicht hatte – etwa an die ausgezeichneten Bedingungen, die sie mit dem Kapitän des »Lord Lawrence« vereinbart hatte, der bei Anbruch des nächsten Tages von Southampton nach Cadiz abfahren sollte –, hegte überhaupt keine Befürchtungen, besonders nicht, wenn sie sich an den Schlüssel erinnerte, der unter ihrem Kopfkissen lag. Sie hatte die Wahl zwischen zwei Dampfern, dem »Lord Lawrence« und der »Saffi«, aber die Reise der »Saffi« ging sehr weit.

Sir John und Mary zogen sich um elf zurück, doch war es schon Mitternacht vorbei, als Sadie Maxell endlich die Schlafzimmertür ihres Mannes klappen hörte, und erst eine halbe Stunde später schloß sie aus dem Knipsen des Schalters, daß das Licht ausgelöscht worden war. Ihr Mann schlief meistens schnell ein, aber sie gab noch eine halbe Stunde zu, ehe sie die Tür ihres Schlafzimmers öffnete und in den nachtdunklen Gang hinaustappte. Sie ging geräuschlos auf das Arbeitszimmer zu, und es war ihre einzige Angst, daß ihr Mann die Tür verschlossen habe. Diese Angst war indessen unbegründet, die Tür gab sofort nach.

Sadie war vollständig angezogen und trug ein kleines Köfferchen in der Hand, das nur die allernötigsten Reiseutensilien enthielt. Sie ließ ihre Taschenlampe aufflammen, ging auf den Safe zu und öffnete ihn ohne Schwierigkeiten. Ihr Atem ging schwer, und ihr Herz schlug mit solcher Heftigkeit, daß sie glaubte, man müsse es im ganzen Haus hören. Der Umschlag mit dem Geld lag zuunterst. In wenigen Sekunden leerte sie seinen Inhalt in ihren Coupékoffer. Da auf einmal . . .

Es war nur ein ganz schwaches Knacken, das sie vernahm. Es kam aus der Ecke des Zimmers, in der sich die Tür, die zur Geheimtreppe führte, befand. Sie sah einen schwachen grauen Lichtschein durchschimmern, sah, wie die Tür langsam geöffnet wurde. Sie mußte sich auf die Lippen beißen, um nicht laut aufzuschreien. Zu fliehen oder Sir John zu wecken war unmöglich, daher öffnete sie ihr Köfferchen wieder und tastete mit zitternden Fingern nach der kleinen Pistole, die sie aus ihrer Schublade mitgenommen hatte. Jetzt fühlte sie sich sicherer, hatte aber doch nicht den Mut, Licht zu machen.

Sie sah die Silhouette einer Männergestalt in der Öffnung, dann wurde die Tür wieder geschlossen, und vor lauter Angst bekam sie auf einmal Mut. Sie ließ das Licht voll auf sein Gesicht fallen. Die Totenstille wurde durch ein erschrecktes Flüstern unterbrochen: »Um Gottes willen! Benson!«

»Wer ist da?« flüsterte er, riß ihr die Taschenlampe aus der Hand und betrachtete sie lange und neugierig. Dann fuhr er leise und sehr langsam fort: »Daß Maxell fast meinen ganzen Besitz an sich gerissen hat, wußte ich, aber das hätte ich doch nicht geglaubt, daß er mir die Frau nehmen würde!«

»Jetzt wollen wir doch mal sehen, was hier los ist«, dröhnte in diesem Augenblick die laute Stimme John Maxell's Cartwright in die Ohren, so dicht stand er neben ihm. Auf einmal war das Zimmer hell erleuchtet.

13

Der freiwillige Wachtposten fand, daß die Zeit sehr langsam verstrich. Es schlug zwölf, dann ein Uhr vom fernen Kirchturm, aber kein mitternächtlicher Mörder ließ sich sehen, und das Haus, das da ernst und ruhig im Licht des abnehmenden Mondes stand, ärgerte und reizte ihn. Von der Landstraße aus, auf der er geräuschlos hin und her ging – er hatte vorsichtshalber Schuhe mit Gummisohlen angezogen –, konnte er verstohlen Marys Fenster beobachten, und einmal glaubte er, sie herausschauen zu sehen.

Er nahm sich nun vor, zweimal in der Stunde ganz um das Haus herumzugehen, und auf einem dieser Rundgänge hörte er einen Laut, der ihn innehalten ließ. Es klang, als ob zwei flache Bretter scharf gegeneinander geschlagen würden.

Er blieb stehen und horchte, aber nun hörte er nichts mehr. Er kehrte zur Front des Hauses zurück und wartete, und wieder verging eine halbe Stunde. Dann kam auf der anderen Seite der Straße ein Schutzmann vorbei. Als er den jungen Mann erblickte, kam er herüber, und Timothy erkannte in ihm einen Kunden aus seiner Drogerie-Zeit. Mit Ausflüchten oder geheimnisvollen Andeutungen war da nichts zu machen, und daher erzählte Timothy dem Polizisten offen den Grund seines Hierseins.

»Ich habe von der gestrigen Schießerei gehört«, sagte der Mann. »Der Inspektor hatte vor, einen unserer Leute hier zu lassen, aber Sir John wollte nichts davon wissen. Nun ja, er wird seine Gründe dafür haben.«

Er warf einen prüfenden Blick auf das Haus und deutete auf die oberen Fenster, die dunkel dalagen: »Das Haus liegt im tiefen Schlaf – da brauchen Sie sich nicht zu sorgen. Außerdem wird es in zwei Stunden hell; ein Einbrecher benutzt diese Zeit, um nach Hause zu kommen.«

Timothy blieb unentschlossen stehen. Es schien unsinnig, noch länger zu warten, und außerdem – um konsequent zu sein, hätte er diese Wärterrolle schließlich von jetzt ab jede Nacht übernehmen müssen. Es gab ja keinen besonderen Grund, warum Sir Johns Feinde ausgerechnet diese Nacht hätten wählen sollen. Er hatte halb und halb erwartet, Cartwright zu treffen, und war angenehm enttäuscht, daß dieser nicht aufgetaucht war.

»Ich glaube, Sie haben recht«, meinte er zu dem Polizisten, »ich werde ein Stück mit Ihnen gehen.«

Sie waren vielleicht vierhundert Meter weit gegangen und standen plaudernd an der Ecke der Straße, als ein Ton, von der Nachtluft deutlich zu ihnen herübergetragen, beide Männer in die Richtung blicken ließ, aus der sie gekommen waren. Sie sahen zwei funkelnde Lichter in der Nähe des Hauses.

»Das ist ein Auto«, bemerkte der Beamte, »was macht denn das hier um diese Stunde? Es wird doch niemand im Haus krank sein?«

Timothy schüttelte den Kopf. Er war sofort im Begriff zurückzugehen, und der Polizist, der fühlte, daß nicht alles in Ordnung war, blieb an seiner Seite. Sie hatten die halbe Strecke, die sie von dem Auto trennte, zurückgelegt, als dieses mit höchster Geschwindigkeit auf sie zukam. Es flitzte vorüber, und Timothy sah nichts außer dem Chauffeur, denn das Verdeck war aufgezogen, und die Vorhänge verbargen die Darinsitzenden.

»Es kam von der andren Seite der Allee«, erläuterte der Polizist unnötigerweise, »vielleicht geht Sir John auf eine längere Reise und ist früh aufgebrochen.«

»Das hätte Miss Maxell mir erzählt.« Timothy war beunruhigt. »Ich hätte fast versucht, auf den Wagen zu springen.«

Es war eine der wenigen Chancen, die Timothy nicht wahrgenommen hatte, und er bereute das hinterher bitterlich.

»Wenn Sie das getan hätten«, sagte der praktische Polizist, »hätte ich jetzt für eine Ambulanz sorgen müssen.«

Timothy war nicht länger damit einverstanden, die Rolle des schweigenden Beobachters zu spielen. Er durchschritt kühn das Gartentor und ging die Auffahrt zur Villa hinauf. In der Begleitung des Beamten, der ihm folgte, hielt er sein Eindringen für gerechtfertigt. Da sah er, daß das Fenster von Marys Schlafzimmer offenstand, und das Herz schlug ihm bis zur Kehle. Er beschleunigte seine Schritte, doch gerade als er unter dem Fenster stand, schaute Mary heraus, und Timothy seufzte erleichtert auf.

»Sind Sie es?« fragte sie mit ängstlicher Stimme. »Sind Sie es, Mr. Anderson? Gott sei Dank, daß Sie gekommen sind! Warten Sie, ich komme herunter und öffne Ihnen die Tür.«

Gleich darauf erschien sie, nur mit einem Morgenrock bekleidet. Sie versuchte, mit ruhiger Stimme zu sprechen, aber die Spannung der letzten halben Stunde war zuviel für sie gewesen; die Tränen standen ihr in den Augen, als Timothy den Arm um ihre zitternden Schultern legte und sie sanft in einen Sessel zwang.

»Setzen Sie sich und erzählen Sie uns, was geschehen ist.«

Sie sah den Beamten an und versuchte zu sprechen, doch fiel ihr das offensichtlich schwer.

»Da ist ja ein Diener«, rief der Polizist, »vielleicht weiß der etwas.«

Ein Mann in Hemd und Hose kam die Treppe herunter.

»Ich kann ihn nicht wecken«, sagte er, »und Lady Maxell auch nicht.«

»Was ist denn geschehen?« fragte Timothy.

»Ich weiß es nicht, Sir. Miss Maxell weckte mich und bat mich, Sir John zu holen.«

»Warten Sie einen Augenblick«, fiel Mary jetzt ein. »Es tut mir leid, daß ich mich so dumm benehme. Wahrscheinlich ist die ganze Aufregung umsonst. Alles geschah vor ungefähr einer Stunde«, fuhr sie fort. »Ich schlief, und auf einmal hörte ich einen Laut. Ich glaubte, ich hätte von dem geträumt, was gestern abend passiert ist. Es hörte sich an wie zwei Schüsse. Aber was es auch gewesen sein mag, es weckte mich auf.«

Timothy nickte. »Ich weiß, ich habe es auch gehört.«

»Dann waren Sie also die ganze Zeit draußen?« Sie streckte ihm ihre Hand hin.

Für den Blick, den sie ihm schenkte, würde Timothy dreihundertfünfundsechzig Nächte im Jahr draußen geblieben sein.

»Ich lag lange Zeit wach und glaubte, daß das Geräusch auch meinen Onkel wecken würde, aber ich hörte nichts.«

»Liegt Ihr Zimmer in der Nähe von dem Sir Johns?« fragte der Polizist.

»Nein, meins liegt in diesem Flügel des Hauses; Sir John und Lady Maxell schlafen in dem anderen Flügel. Ich weiß nicht, was es war, aber irgend etwas beunruhigte mich – etwas, das mir eiskalt über den Rücken rann. Ach, es war schrecklich!« Sie schauderte. »Ich konnte es nicht länger aushalten, darum stand ich auf und ging auf den Korridor, um Onkel zu wecken. Da hörte ich ein Geräusch außen an meinem Fenster, aber ich war zu erschrocken, um hinauszusehen. Dann hörte ich einen Wagen und Schritte auf der Straße. Ich klopfte an Sir Johns Tür, bekam aber keine Antwort. Dann versuchte ich es an Lady Maxells Tür, aber auch dort blieb alles still. So lief ich denn zu Johnson und weckte ihn.« Sie blickte Timothy an. »Ich . . . Ich . . . dachte, Sie seien vielleicht da, darum sah ich zum Fenster hinaus.«

»Zeigen Sie mir Sir Johns Zimmer«, befahl der Polizist dem Diener.

Die drei Männer gingen mit Mary die Treppe hinauf. Die Tür war zugeschlossen, und selbst als der Polizist gegen die Füllung hämmerte, kam keine Antwort.

»Ich glaube, mein Schlüssel paßt zu allen Zimmertüren«, sagte Mary plötzlich. »Sir John erzählte mir einmal, daß alle Türschlösser gleich seien.«

Sie ging hinunter und kam mit einem Schlüssel zurück. Der Polizist steckte ihn in das Schloß und öffnete die Tür. Er tastete herum und fand den elektrischen Knipser. Das Zimmer war leer. Das Bett war offensichtlich gar nicht berührt worden.

Die Tür, die zu Lady Maxells Zimmer führte, war nicht verschlossen. Wieder traten sie in ein leeres Zimmer und sahen ein Bett, das nicht benutzt worden war. Sie blickten einander an.

»Pflegt Sir John nicht bis zu sehr später Stunde in seinem Arbeitszimmer zu bleiben?« fragte Timothy.

Mary nickte.

»Es liegt am anderen Ende des Korridors«, sagte sie matt. Sie fühlte, daß das Arbeitszimmer ein schreckliches Geheimnis bergen mußte.

Diese Tür war von innen verschlossen. Aber jetzt machte der Polizist keine Umstände mehr. Durch einen schnellen Stoß seiner Schulter brach das Schloß aus dem Holz, und die Tür flog auf.

»Wir wollen doch etwas Licht machen.« Unbewußt sprach er die gleichen Worte, die schon vor einer Stunde einmal in diesem Zimmer gefallen waren.

Das Zimmer war leer, aber es war unverkennbar, daß hier etwas geschehen war. Der Safe stand offen, der Kamin war voll glühender Asche, und der ganze Raum war von dem beißenden Geruch verbrannten Papiers erfüllt. Man vermochte kaum zu atmen.

»Was ist das?« Timothy deutete auf den Boden.

Der Fußboden des Arbeitszimmers war mit einem dicken, sandfarbenen Teppich bedeckt, und ›das‹ war ein runder, dunkler Fleck, der noch naß war. Der Polizist kniete sich hin und betrachtete ihn kurz.

»Blut . . . Da ist noch ein Fleck, neben der Tür. Wohin führt denn diese Tür? Halten Sie die Dame, sie wird ohnmächtig!«

Timothy hatte gerade noch Zeit, den Arm um Marys Taille zu legen – dann brach sie zusammen.

Inzwischen war alles im Haus aufgewacht, und ein Mädchen

erschien und nahm sich Marys an. Als Timothy wieder zum Polizisten trat, hatte der Beamte schon festgestellt, wohin die Tür führte.

»Man kann über eine Treppe in den Garten gehen. Es sieht ganz so aus, als ob hier zwei Schüsse abgefeuert worden wären. Sehen Sie her, da sind zwei Einschläge.«

»Glauben Sie, daß zwei Menschen getötet worden sind?«

Der Polizist nickte ernst.

»Der eine Schuß wurde mitten im Zimmer abgegeben, der andere wahrscheinlich auf dem Weg zur Tür. Was mag das wohl sein?« Er hielt einen Beutel in die Höhe, der ganz verschossen und abgenutzt war und an dessen Henkel ein langer rostiger Draht befestigt war. »Er ist leer.«

Der Beamte sah in den kleinen Sack hinein, der noch vor einer Stunde John Maxells eifersüchtig bewahrtes Geheimnis enthalten hatte. »Ich werde telefonieren. Es ist besser, wenn Sie hierbleiben, Mr. Anderson. Wir werden Sie als Zeugen brauchen – und das wird wichtig sein. Es kommt nicht oft vor, daß wir einen Mann finden, der von außen ein Haus bewacht, in dem gerade ein Mord begangen wird – vielleicht sogar zwei.«

Die Sonne war bereits aufgegangen, als das vorläufige Verhör und die Untersuchung des Hauses und seiner Umgebung abgeschlossen waren. Der Detektiv Blewitt, der den Fall übernommen hatte, kam in das Eßzimmer, in dem ein aufgeregtes Mädchen Kaffee für die Untersuchungskommission serviert hatte, und ließ sich in einen Sessel fallen.

»Ein Anhaltspunkt ist da – nur ein einziger.« Er zog einen weichen Hut aus der Tasche. »Kennen Sie den Hut, Anderson?«

Timothy nickte.

»Ja, den hat gestern abend der Mann getragen, über den ich mit Ihnen sprach.«

»Cartwright?«

»Ich könnte es beschwören. Wo haben Sie ihn gefunden?«

»Draußen, und das ist alles, worauf wir aufbauen können. Eine Leiche ist nirgends zu finden. Meine erste Annahme scheint richtig zu sein.«

»Sie glauben, daß der Mörder Sir John und Lady Maxell in

den Wagen trug und mit ihnen davonfuhr? Aber dann müßte ja der Chauffeur mit im Komplott gewesen sein.«

»Vielleicht – vielleicht ist er auch gezwungen worden. Selbst ein Fahrer wird gefügig, wenn Sie ihm einen Revolver unter die Nase halten.«

»Aber würde Miss Maxell nicht gehört haben –?«

»Sie hörte es ja. Aber sie hatte zu große Angst, um hinauszusehen. Sie hörte zwei Schüsse. Meine Theorie ist die, daß Sir John und Lady Maxell getötet wurden, daß der Mörder dann beide Schlafzimmer abschloß und schließlich Sir Johns Papiere durchsah – vielleicht um ein ihn belastendes Dokument zu finden und dieses zu vernichten.«

»Aber warum hat er die Leichen nicht liegengelassen?«

»Weil ohne die Leichen keine Anklage wegen Mordes erhoben werden kann.«

Timothy Anderson wandte sich um, als Mary hereintrat. Sie sah müde aus, aber sie war ruhiger als in den frühen Morgenstunden.

»Gibt es etwas Neues?« fragte sie.

Timothy schüttelte den Kopf.

»Wir haben jeden Zoll des Grundstücks abgesucht.«

»Glauben Sie . . .?« Sie zögerte, die Frage auszusprechen.

»Leider! Es ist nur wenig Hoffnung.«

»Aber haben Sie auch wirklich alles abgesucht?« drängte Mary.

»Alles«, erwiderte Timothy.

Ein wenig später begleitete Timothy sie in ein Hotel. Das Haus wurde in der Obhut der Polizei gelassen. Späterhin kam der berühmte Detektiv Gilborne, der eine von der ersten ganz unabhängige Untersuchung anstellte. Aber so wenig wie sein Vorgänger konnte er eine neue Handhabe entdecken, denn auch er wußte nichts von dem unbenutzten Brunnen, der unter einem Schutthaufen verborgen lag.

14

Wer tötete John Maxell und seine Frau? Wo wurden die beiden Leichen versteckt? Diese Fragen bewegten ganz England während der traditionellen Spanne von neun Tagen.

Die erste Frage war leichter zu beantworten als die zweite. Für die Reporter gab es keinen Zweifel, daß der Mörder Cartwright war, an dessen rachsüchtige Drohung man sich gut erinnerte und dessen Auftauchen in Bournemouth von dem mit der Untersuchung beauftragten Detektiv bestätigt worden war. Eine Information aus erster Hand konnten die Pressevertreter für den Augenblick nicht bekommen, denn Timothy lag vollständig angezogen in tiefem Schlaf auf seinem Bett. Zu seinem Glück brachte keiner der findigen Presseleute, weder damals noch später, das »A. C.« in seinem Namen mit dem abgängigen Verbrecher in Verbindung.

Noch ehe er erwachte, war die Geschichte »Ein treuer Freund Sir Johns steht Wache« in vielen Zeitungen erschienen, und eine Schar ungeduldiger Reporter wartete auf ein Interview. Er beantwortete ihre Fragen so kurz wie möglich, nahm ein Bad, zog sich um und ging in das Hotel, in dem Mary wohnte. Sie wollte gerade fortgehen, und die Herzlichkeit ihrer Begrüßung verscheuchte fast die Niedergeschlagenheit, die auf ihm lastete. Sie legte ihren Arm so selbstverständlich in den seinen, daß er sich des unerhörten Glückes kaum bewußt wurde.

»Ich muß Ihnen etwas erzählen«, sagte sie, »falls Sie es noch nicht wissen. Mein ganzes Geld ist fort.«

Er blieb bestürzt stehen.

»Ist das wirklich wahr?«

»Ja, es ist wahr. Ich glaube aber, es war sehr wenig, und der Verlust ist so unbedeutend im Vergleich mit all dem Entsetzlichen, daß ich mir wirklich nichts daraus mache.«

»Aber Sir John war doch reich?«

Sie schüttelte den Kopf.

»Ich habe gerade mit seinen Anwälten gesprochen. Sie sind bei der Bank gewesen. Sir Johns Guthaben beträgt noch nicht einmal hundert Pfund, und dieser Betrag deckt gerade die Schecks, die er ausgestellt hat. Vor zwei Tagen hat er eine sehr, sehr große Summe, einschließlich seines Vermögens, von der Bank abgehoben. Wissen Sie, ich glaube, Sir John hatte die Absicht, nach Amerika auszuwandern. Jedenfalls hat er eine Andeutung gemacht, die auf derartige Absichten schließen läßt; er fragte mich nämlich, wie lange ich brauchen würde, um meine Siebensachen zu packen. Wahrscheinlich hing das mit dem Telegramm zusammen, das er kurz vorher erhielt –«

»Und das Cartwrights Flucht meldete«, fiel Timothy ein.

»Er war so gut, so großzügig!« Marys Augen füllten sich mit Tränen. »Für mich war er wie ein Vater. Ach, es ist ja entsetzlich!«

»Aber Sie?« fragte Timothy. »Was werden Sie jetzt tun? Gott im Himmel! Das ist ja schrecklich!«

»Ich werde eben arbeiten müssen. Ich glaube nicht, daß ich daran sterben werde. Hunderttausende von Mädchen müssen ihren Lebensunterhalt verdienen, Timothy, und das werde ich eben auch tun.«

Timothy atmete schwer.

»Nicht, wenn ich es verhindern kann. Ich werde sicher genug Geld verdienen, wenn ich mich ernstlich bemühe.«

Sie preßte seinen Arm.

»Ich könnte es nicht zulassen, daß Sie mir helfen und mich versorgen. Wissen Sie übrigens, daß Sir John sich sehr für Sie interessiert hat?«

»Für mich?«

»Ich sagte es Ihnen doch schon neulich. Ich glaube, er hatte Sie gern, denn er sprach noch davon, wie unbehaglich Sie sich in der Pension Vermont fühlen müßten, in diesem wunderlichen kleinen Zimmer.«

Timothy war sehr erstaunt.

»Woher wußte er denn, daß ich in der Pension Vermont wohne?«

Sie lächelte.

»Zufällig gehört die Pension Sir John. Ich glaube, es ist das einzige verwertbare Objekt, das er besitzt, denn das Geld ist doch weg.«

»Was wollen Sie nun zunächst tun?«

Sie schüttelte den Kopf.

»Ich weiß es noch nicht. Vor allen Dingen werde ich wohl aus diesem Hotel ausziehen müssen, das ist für mich viel zu teuer. Ich habe zwar ein paar Pfund auf der Bank, aber die werden nicht lange reichen.«

Auf sein ernstes Drängen hin willigte sie ein, einen Anwalt zu nehmen und ihn zu beauftragen, aus Sir Johns Nachlaß zu retten, was zu retten sei.

Zwei Stunden vergingen so schnell wie zwei Minuten; dann dachte Timothy plötzlich daran, daß er eine Verabredung mit einem Londoner Berichterstatter hatte, einem gewissen Brennan, den er noch von seiner Filmzeit her kannte.

»Ich kann Ihnen wirklich nichts Neues sagen, es steht doch alles schon drin.« Er legte die Zeitung hin, die Brennan ihm mitgebracht hatte. »Ich warte genauso sehnsüchtig auf Nachrichten wie Sie. Hat man etwas gefunden?«

»Nein – nur daß Sir John kein Geld auf der Bank hatte und daß auch im Haus nichts vorhanden war.«

Timothy nickte.

»Das wußte ich. Er hatte vor zwei Tagen alle Effekten aus dem Depot genommen. Und darauf war Cartwright wohl aus.«

»Weiß Miss Maxell –«, fing Brennan an.

»Sie weiß es und nimmt es hin wie ein ganzer Kerl.«

»Es waren ungefähr zwanzigtausend Pfund«, fuhr Brennan fort. »Die Polizei hat eine zweite Spur gefunden. Der Safe wurde mit Maxells Doppelschlüssel geöffnet. Der gute Mann hatte zwei Bund Schlüssel; das eine pflegte er in dem Geheimsafe seines Schlafzimmers aufzubewahren, das andere trug er bei sich. Übrigens erzählt Miss Maxell, Lady Maxell habe sie am Abend vor dem Mord gebeten, ihr die Schlüssel zu verschaffen, um einen Schrank öffnen zu können.«

»Ich verstehe. Man nimmt an, daß Lady Maxell den Safeschlüssel vom Bunde löste und damit den Safe geöffnet hat.«

»Das ist die eine Theorie. Die Polizei hat aber noch mehr. Sie haben eben schon alles – nur die Leichen und den Mörder nicht. Wollen Sie nicht auch Ihre Wissenschaft auspacken, Anderson? Sie müssen doch viel mehr wissen, als Sie gesagt haben. Ich habe für die Abendzeitung keine neue Meldung, um meinen Senf dazu schreiben zu können. Warum kam denn Cartwright zu Ihnen ins Zimmer? Kannten Sie ihn denn?«

»Er war ein Bekannter meines Vaters«, drückte sich Timothy diplomatisch aus, »und vielleicht glaubte er, daß ich Maxell näher kenne, als es der Fall war.«

»Das hört sich sehr dünn an. Warum wäre er dann zu Ihnen gekommen?«

»Nehmen Sie an, ich sei die einzige Person gewesen, die er kannte oder doch flüchtig kannte.« Timothy war geduldig. »Vielleicht ist er durch ganz Bournemouth gelaufen, bis er einen vertrauten Namen gefunden hat.«

»Das wäre möglich«, gab der Reporter zu.

»Ich war jedenfalls ein kleiner Junge, als er ins Gefängnis kam. Sie können sich wohl denken, daß ich ihn nicht mehr erkannte.«

»Es gäbe aber noch eine Theorie«, sagte Brennan plötzlich. »Wenn nun Lady Maxell gar nicht tot wäre? Angenommen, Cartwright tötete Maxell, und Lady Maxell war Zeugin des Mordes? Angenommen, der Bursche mußte wählen, ob er die Zeugin auch töten solle oder sie entführen? Sie sagen, das Auto, das mitten in der Nacht vor dem Hause vorfuhr, sei das gleiche gewesen, mit dem Lady Maxell nach Hause gekommen war. Ist es nicht möglich, daß sie dem Mörder aus irgendeinem Grund mitteilte, daß das Auto kommen würde – denn allem Anschein nach hatte sie es doch bestellt – und daß sie dann zusammen die Flucht ergriffen? Ist es nicht auch möglich, daß sie in den Plan eingeweiht war und daß sie – weit entfernt, ein Opfer zu sein – selbst am Verbrechen beteiligt war? Wir kennen ihr Vorleben. Sie hat einmal einen jungen Amerikaner, Reggie van Rhyn, erstochen. Das wirbelte damals viel Staub auf. Tatsächlich, der Augenschein belastet sie. Da ist zum Beispiel der Schlüssel. Wer anders als sie konnte den Doppelschlüssel entwendet haben? Sieht es nicht so aus, als ob sie das Ganze geplant hätte und als ob ihr Komplice erst im letzten Augenblick gekommen wäre, um ihr bei der Flucht zu helfen und nötigenfalls Sir John niederzuschlagen? Nehmen wir nur die Tatsache der verschlossenen Schlafzimmer. Offensichtlich kann nur einer, der im Haus wohnte und die Familienangelegenheiten kannte, das getan haben. Beide, sowohl Sir John wie Lady Maxell, pflegten nachts ihre Türen zu verschließen, und die Dienerschaft betrat die Schlafzimmer nur, wenn geläutet wurde. Es scheint mir ganz klar, daß Lady Maxell die Türen verschloß, damit der Verdacht der Dienerschaft nicht gleich am Morgen wach werden sollte.«

»Wenn ich Ihre Kombinationsgabe hätte«, bewunderte ihn Timothy, »so würde ich sicher das Große Los gewinnen. Können Sie mir vielleicht sagen, wo meine Uhr geblieben ist? Ich suche sie schon den ganzen Morgen.«

»Vielleicht steckt sie noch unter dem Kopfkissen?« riet Brennan.

»Ich lege sie nie dahin«, erwiderte Timothy, aber trotzdem drehte er das Kissen um und blieb mit offenem Mund stehen. Unter dem Kissen lag ein langer, dicker Briefumschlag mit einem verräterischen Blutfleck in einer Ecke.

»Um Himmels willen!« keuchte Timothy und riß das Päckchen an sich. Es trug keine Adresse und war versiegelt. »Was kann das nur sein?«

»Ich kann Ihnen nur sagen, was das für Flecken sind«, meinte der praktische Brennan. »Steht kein Name drauf?«

Timothy schüttelte den Kopf.

»Öffnen Sie es«, schlug der Reporter vor.

Der Inhalt war noch erstaunlicher, denn er bestand aus einem dicken Bündel Banknoten. Es waren ganz neue Scheine der Bank von England, die von einem festen Papierstreifen zusammengehalten wurden, auf dem in Sir Johns Handschrift stand: »Erlös aus dem Verkauf der Aktien, in Verwahrung genommen für Miss Mary Maxell: Pfund 21 300.«

Der Detektiv, der den Fall klären sollte, hatte schon viele Theorien aufgestellt. Aber seine neueste Theorie war für Timothy Anderson sehr unbequem.

»Das wirft ein neues Licht auf den Fall«, sagte der Detektiv ernst, »und ich will Ihnen ganz offen sagen, Mr. Anderson, daß diese neue Situation nicht sehr günstig für Sie ist. Sie befinden sich vor dem Haus, während der Mord begangen wird. Sie werden, einige Minuten nach dem Abfeuern der Schüsse von einem Polizisten gesehen, und ein Teil des gestohlenen Geldes wird unter Ihrem Kissen gefunden.«

»Von mir gefunden, jawohl, in Gegenwart eines Zeugen! Nehmen Sie vielleicht auch an, daß ich, während ich bei dem Polizisten stand, das Auto gelenkt habe oder daß ich Cartwrights Hut getragen habe, der am Boden gefunden wurde? Na, Sie haben ja den Fingerabdruck Ihres Mannes, und es steht Ihnen frei, ihn mit dem meinen zu vergleichen.«

»Es ist ja gar kein Fingerabdruck. Es ist der Abdruck eines Knöchels, und wir haben kein Archiv für Knöchelabdrücke. Ich gebe aber zu, daß das Auto zu meiner Theorie ein bißchen im Widerspruch steht. Können Sie mir vielleicht einen Anhaltspunkt geben?«

»Das einzige, was ich mir denken kann, ist, daß Cartwright, der die Lage meines Zimmers kannte, das Geld auf der Flucht dort versteckt hat, um nicht mit der Beute gefangen zu werden. Jedenfalls, wenn ich der Verbrecher wäre, würde ich nicht einen blutbefleckten Umschlag unter mein Kissen legen. Ich würde mindestens so schlau sein, den Umschlag zu verbrennen und das Geld so zu verstecken, daß die Angestellten des Hauses es nicht finden können. Ja, sehen Sie denn nicht ein«, er wurde heftig, »daß eines der Stubenmädchen den Umschlag gefunden hätte, wenn ich ihm nicht zuvorgekommen wäre?«

Der Detektiv kratzte sich den Kopf.

»Da steckt schon etwas Richtiges darin. Es ist eine verzwickte Geschichte.«

»Und sie wird von sehr merkwürdigen Leuten untersucht«, ergänzte Timothy gereizt.

Eine genaue Nachforschung jedoch befreite Timothy von allem Verdacht. Er war an jenem Morgen nicht vor zehn Uhr nach Hause zurückgekehrt. Das Stubenmädchen, das ihm um acht Uhr eine Tasse Tee bringen wollte, sah, daß er die ganze Nacht fortgewesen war, und hielt das für eine glänzende Gelegenheit, das Zimmer aufzuräumen. Sie machte das Bett nicht noch einmal, sondern glättete es nur. Beim Ausfegen sah sie den Umschlag dicht am offenen Fenster auf dem Fußboden liegen, nahm ihn auf und legte ihn, weil sie keinen besseren Platz fand, unter das Kopfkissen, ›da es sich doch wohl um eine Privatangelegenheit handelte‹. Da Timothy der Polizei vom Zeitpunkt des Mordes ab bis zu seiner Rückkehr in die Wohnung nicht aus den Augen gekommen war, stand damit fest, daß er mit dem Verbergen des Umschlags nichts zu tun hatte.

Wie groß sein Ärger auch sein mochte, mehr noch freute er sich darüber, daß Mary ihr Geld zurückbekommen hatte. Aber warum hatte Cartwright das Geld gerade dort versteckt? Es gab doch Hunderte Orte.

Diese Vetternwirtschaft geht nicht so weiter, entschied Timothy; wenn er glaubt, er kann sich auf die Verwandtschaft mit mir verlassen, so irrt er sich mächtig!

Er traf Mary beim Untersuchungsrichter und begegnete ihr dann erst nach einigen Tagen wieder. Sie wollte gerade nach Bath fahren, wo sie entfernte Verwandte besaß, und nun sollten sie sich Lebewohl sagen.

Es war ein trauriges Zusammentreffen – weniger traurig für Timothy als für Mary; denn er plante bereits, in die Stadt zu ziehen, in der sie ihre Zelte aufschlagen wollte. Diese frohe Aussicht wurde jedoch zerstört, als sie erklärte, daß ihr Aufenthalt in Bath nur vorübergehend sei.

»Mrs. Renfrew hat mir gedrahtet, daß ich zu ihr kommen solle, und ich kann schließlich für ein paar Monate ebensogut dort bleiben wie anderswo. Ich kann nicht länger hier sein. Ich brauche Abwechslung, andere Luft und andere Umgebung. Timothy, ich fühle, daß ich über Sir Johns Tod nie hinwegkommen werde.«

»Nie ist eine lange Zeit, meine Liebe«, begütigte Timothy sanft, und Mary fühlte die zärtliche Milde seiner Stimme.

Doch sie wollte ihm noch einen Vorschlag machen und wußte nicht, wie sie sich ausdrücken sollte.

»Ar– arbeiten Sie jetzt?« fragte sie.

Timothys strahlendes Lächeln sagte ihr bereits, daß er dies nicht tat.

»Ich weiß selber noch nicht genau, was ich tun werde. Wenn Sie in Bath bleiben würden, so würde auch ich nach Bath gehen. Vielleicht könnte ich eine Drogerie anfangen oder einen Laden kaufen oder für jemanden Botengänge machen. Ich bin der willigste Arbeiter, den es gibt.«

»Also –«, begann sie, stockte aber gleich wieder.

»Also?« wiederholte er.

»Mir kam der Gedanke, daß Sie der Sache vielleicht gern weiter nachgehen und unabhängige Nachforschungen anstellen würden – unabhängig von der Polizei, meine ich –, so daß Sie den Mann ausfindig machen könnten, der Sir John getötet hat, und ihn der Gerechtigkeit überliefern. Ich glaube, daß Sie klug genug dazu sind«, fuhr sie hastig fort, »und es würde eine Arbeit nach Ihrem Herzen sein.«

»Ganz richtig, Mary, aber das bedeutet eine riesige Geldausgabe. Wer würde mich wohl mit diesem Auftrag betrauen!«

»Nun, ich dachte –« Sie zögerte und fuhr dann ein wenig stokkend fort: »Sehen Sie, ich habe das Geld – mein eigenes Geld, meine ich – hauptsächlich durch Sie zurückerhalten. Ich fühle, daß ich meinem armen Onkel gegenüber eine Pflicht zu erfüllen habe, und ich habe das Vertrauen zu Ihnen, daß Sie alles tun werden, was in Ihren Kräften steht. Ich könnte es aufbringen, Timothy –« Sie legte ihre Hand auf seinen Arm und sah ihn fast flehend an. »Wirklich, ich kann es mir leisten. Ich habe mehr Geld, als ich jemals ausgeben werde.«

Er streichelte sanft ihre Hand.

»Mary, das wäre zwar eine Aufgabe, die mir liegen würde – aber mit jedem anderen Geld, nur nicht mit Ihrem! Ich würde im Handumdrehen außer Landes sein und mich in den teuersten Städten der Welt nach Mr. Cartwright umsehen. Aber, meine Liebe, ich kann Ihren Auftrag nicht annehmen, denn ich kenne sehr wohl Ihre Gründe. Sie glauben, ich sei ein ruheloser und ziemlich abenteuerlicher Bursche, und Sie wollen mir eine sorglose Zeit verschaffen – mit Ihrem Geld!« Er hielt inne und schüttelte den Kopf. »Nein, meine Liebe, ich danke Ihnen, aber – das geht nicht!«

Sie war enttäuscht und fast ein wenig verletzt.

»Würden zweihundert Pfund –?« fing sie schüchtern wieder an.

»Nicht Ihre zweihundert. Ihr Anwalt sollte ein bißchen besser auf Ihr Geld aufpassen, Mary. Er sollte Ihnen nicht erlauben, jungen Leuten so verführerische Angebote zu machen.« Er lächelte. »Werden Sie auch ins Ausland gehen?«

»Vielleicht – später einmal. Sir John wollte immer, daß ich es täte, und ich habe das Gefühl, als müßte ich ihm noch jetzt seinen Willen tun!«

»Wahrscheinlich werde ich zu gleicher Zeit wie Sie hinüberfahren. Man kann viel Geld machen in Paris.«

»In kurzer Zeit?« Sie lächelte.

»In einer Minute«, sagte Timothy grimmig, »nämlich wenn das Pferd und der Jockei ebenso denken wie ich. Ich kenne einen Burschen, der läßt ziemlich viel Pferde laufen in Frankreich. Eines seiner Pferde heißt Flirt –«

Sie streckte ihm noch einmal die Hand hin.

»Timothy, Sie sind unverbesserlich!«

15

Ein ganzes Jahr lang sah sie ihn nicht mehr. Erst als sie, nachdem sie einen Winter in Madeira verbracht hatte, ihren Fuß auf die Laufplanke des Dampfers ›Tigilanes‹ setzte, begegnete sie ihm wieder.

Tage später saß Timothy auf einem Koffer, hatte die Ellenbogen auf die Reling der ›Tigilanes‹ gestützt, und seine Augen überflogen die Uferansicht von Liverpool.

Es war die letzte Stunde der Fahrt, und Timothy, der Funchal mit vierhundert Pfund in der Brieftasche verlassen hatte, besaß noch genau drei ehrliche Shillinge und ein Fünf-Milreis-Stück zweifelhaften Charakters.

Ein Mann kam das Deck entlanggeschlendert und setzte sich an seine Seite.

»Na, die haben Sie gestern nacht richtig ausgezogen, was?« fragte er mitfühlend.

»Wie? O ja, ich glaube schon. Dieser Rothaarige hatte das meiste Glück und immer alle Karten in der Hand.«

Timothy hatte ein hurtiges, glückliches Lächeln, das kleine müde

Falten unter seine Augen zog. Er sah nicht nur gut aus und jung, er war auch interessant.

Der Mann an seiner Seite nahm die Zigarre aus dem Mund und betrachtete sie, ehe er weitersprach.

»Sie wußten doch, daß es Gauner sind – sie grasen regelmäßig diese Küstenlinie ab.«

»Was?« Timothy sah erschreckt und verärgert auf. »Was Sie nicht sagen! Gauner? Dieser kleine rothaarige Bursche, der die ganze Zeit über versuchte, mit mir Streit anzufangen, und der große, nett aussehende Engländer?«

Sein Begleiter nickte. »Erinnern Sie sich nicht? Der Kapitän warnte uns davor, Karten zu spielen –«

»Ach, das tun sie immer, um keine Verantwortung zu haben«, sagte Timothy, der sich offenbar sehr ungemütlich fühlte. »Wenn ich freilich gewußt hätte, daß es Gauner sind –«

»Gewußt! Gott im Himmel! Das kann Ihnen doch jeder sagen. Fragen Sie den Zahlmeister. Na, Sie sind nun mal betrogen worden und können nichts mehr machen. Das beste ist, zu lachen und Ihren Verlust mit Anstand zu tragen. Erfahrung macht klüger.«

Timothy befühlte die drei ehrlichen Shillinge in seiner Tasche und pfiff niedergeschlagen vor sich hin.

»Wenn ich sicher wäre –«

Er wandte sich brüsk ab und rannte die Kajütentreppe hinunter in das kleine Büro des Zahlmeisters, das sich unterhalb der Treppe befand.

»Mr. Macleod, ich möchte Sie mal sprechen.«

»Jawohl, Sir.« Alle Zahlmeister sind ein wenig argwöhnisch. »Stimmt etwas nicht in Ihrer Rechnung?«

»O doch, alles in Ordnung. Kann ich hineinkommen?«

Der Zahlmeister öffnete die kleine Tür und ließ ihn in das Heiligtum eintreten.

»Es sind zwei Burschen an Bord dieses Dampfers – ein rothaariger namens Chelwyn und ein verkleideter Prinz namens Brown. Was wissen Sie von den beiden?«

Der Zahlmeister machte eine verbindliche Miene. Sie sollte das Fehlen jeglichen Interesses an den eben genannten Personen verdeutlichen.

»Ich werde mich klarer ausdrücken«, fuhr der geduldige Timothy fort. »Sind es Gauner?«

»Sie spielen Karten«, wich der Zahlmeister diplomatisch aus. Er wollte in dieser zwölften Stunde Skandale, Auseinandersetzungen und andere derartige Vorkommnisse vermeiden, die mit der Gegenüberstellung der Gerissenen und der Betrogenen verbunden waren. Solche Ereignisse brachten die Linie in Mißkredit und warfen indirekt auch ein Licht auf die Beamten des Schiffes. Außerdem sollte das Schiff gleich den Hafen anlaufen, und wie alle Zahlmeister steckte er bis zur Nasenspitze in Arbeit und war ängstlich darauf bedacht, sie in möglichst kurzer Zeit zu erledigen, damit er den nächsten Zug nach Lytham nehmen konnte, wo seine Familie ein kleines Haus bewohnte.

»Es tut mir leid, Mr. Anderson, wenn Sie betrogen worden sind, aber der Kapitän hat bei der Abfahrt aus Kapstadt und aus Madeira – dort kamen Sie doch an Bord, nicht? – alle gewarnt, und außerdem sind im Salon und im Rauchzimmer Plakate angeschlagen. Haben Sie viel verloren?«

Er blickte die große, athletische Gestalt mit den müden, lächelnden Augen mit einem gewissen Wohlgefallen an.

»Ich habe im Kasino zu Funchal fünfhundert Pfund eingenommen«, sagte Timothy, »und ich rechne, daß ich ungefähr hundert Pfund auf normale Weise ausgegeben habe.«

»Und der Rest ist weg? Ja, Mr. Anderson, es tut mir leid, aber ich kann nichts machen. Das beste ist, es unter ›Erfahrungen‹ abzubuchen.«

»Ich will es Ihnen nicht nachtragen, daß Sie meine Verluste philosophisch betrachten. Würden Sie mir bitte die Nummer von Mr. Chelwyns Kabine geben?«

»Zweihundertsiebenundvierzig. Wenn ich Sie wäre, Mr. Anderson, würde ich die Sache aber fallenlassen.«

»Das weiß ich, daß Sie es tun würden, alter Freund«, Timothy schüttelte ihm herzlich die Hand, »wenn ich Sie wäre, würde ich es auch fallenlassen. Da ich aber ich bin – zweihundertsiebenundvierzig sagten Sie, nicht wahr?«

»Hoffentlich machen Sie uns keine Unannehmlichkeiten, Mr. Anderson.« Der Zahlmeister war beunruhigt. »Wir haben unser

Bestes getan, um Ihnen die Reise so angenehm wie möglich zu machen.«

»Und ich habe mein Bestes getan, um meine Fahrkarte zu bezahlen – wir sind also quitt.« Damit verließ Timothy das Büro, wich dem Steward aus, der das Gepäck an Deck trug, und ging geschwind den teppichbelegten Gang hinunter, bis er ein kleines Schild fand, das die Zahl 247 trug. Er klopfte an die Kabinentür. Eine mürrische Stimme rief »Herein!«

Chelwyn, der Rothaarige, war in Hemdsärmeln und gerade damit beschäftigt, seinen Kragen umzubinden. Brown saß auf dem Rand seiner Pritsche und rauchte eine Zigarette. Chelwyn, der Timothy im Spiegel erblickte, als er hereinkam, erkannte ihn zuerst.

»Hallo, Mr. Anderson, was wünschen Sie denn?« fragte er höflich. »Dumm, daß Sie solches Pech gehabt haben.« Timothy hatte die Tür geschlossen und den Riegel vorgeschoben. »Was zum Henker machen Sie denn da?«

»Ja, ich wünsche etwas. Ich wünsche vierhundert Pfund.«

»Sie wünschen –«

»Hören Sie zu. Ich dachte, daß ihr Burschen ehrlich spielen würdet, sonst hätte ich mich mit euch nicht eingelassen. Ich bin immer gewillt, einer Chance zu trauen, denn das ist mein Lebensmotto, liebe Leute, aber man kann einer Chance doch nicht trauen, wenn man mit Gaunern spielt.«

»Seien Sie vorsichtig!« Der rothaarige Mann ging auf ihn zu und betonte seine Worte, indem er den Zeigefinger gegen Timothys Brust richtete. »Dieser Unsinn macht mir gar keinen Spaß. Wenn Sie Geld verlieren, so verlieren Sie es wie ein Sportsmann und Gentleman und greinen nicht.«

Timothy grinste. »Leute, ich muß die vierhundert Pfund von euch kriegen, macht ein bißchen fix!«

Der leutselige Mr. Brown, der die Szene mit gelangweilten Blicken beobachtete und seinen hängenden Schnurrbart zwirbelte, mischte sich sanft in die erregte Unterhaltung.

»Ich bin sehr überrascht, ich bin sogar betroffen, Mr. Anderson, daß Sie eine derartige Haltung einnehmen. Sie haben Ihr Geld in redlichem Spiel verloren –«

»Das ist ja gerade der Schwindel.« Timothy war ganz freundlich. »Ich werde euch was erzählen. Wir sind in der Nähe der Küste. Irgendwo hinter den Lagerhäusern ist sicher eine Polizeiwache und ein gutbezahlter Obrigkeitsbeamter. Sie werden alle Aussicht haben, bei dieser achtunggebietenden Behörde als Ankläger aufzutreten, denn ich werde Sie verprügeln – zuerst Sie«, er deutete auf den rothaarigen Chelwyn, »und dann Sie.«

»So, Sie wollen mich verprügeln, wirklich?« Der Rothaarige duckte sich schnell.

Was nun folgte, war kein erfreulicher Anblick, man mußte denn ein besonderes Interesse fürs Prügeln haben. Zweimal stieß etwas gegen Chelwyns Kinnbacken. Er fiel zurück gegen die Kabinenwand, sprang wieder auf, aber Timothys Faust traf ihn auf halbem Weg, und er wußte nicht mehr, wie ihm geschah.

»Diesen Kampf habe ich gewonnen«, rief Timothy, »und ich erkenne mir selbst zur Belohnung vierhundert Pfund zu. Oder haben Sie vielleicht auch noch Interesse an diesem Verfahren, Brown?«

Der andere hatte sich nicht von der Pritsche gerührt, jetzt aber stand er auf und stellte seinen taumelnden Genossen auf die Füße.

»Es ist besser, wir geben ihm das Geld.«

»Ich werde es ihm heimzahlen«, murmelte der Rothaarige, aber Brown war offenbar das Haupt der Bande und hatte seine Absicht, das Geld herauszugeben, aus reiner Höflichkeit seinem Genossen mitgeteilt.

Er zog eine dicke Brieftasche aus seiner Hosentasche und zählte die Banknoten hin. Timothy nahm sie an sich.

»Dafür werde ich Sie ins Kittchen bringen.« Chelwyn wischte sich die blutigen Lippen ab.

»Sie wollen mir wohl Angst einjagen«, sagte Timothy nur, riegelte die Tür auf und ging hinaus.

»Ich kriege Sie schon noch zu fassen«, schrie der totenblasse Mann und zitterte vor Wut.

»Die Chance nehme ich an!«

Timothy ging äußerst aufgeheitert den Kabinengang zurück und traf auf den Zahlmeister, der herunterkam. Der Beamte blickte T. A. C. noch mißtrauischer an als vorher. Da man ihm aber von einer Schlägerei nichts ansah, ging der Zahlmeister erleichtert wieder in sein Büro, und Timothy ging an Deck, um seine Freude zu genießen.

Dort saß er, während das Schiff am Kai anlegte. Auf einmal hörte er seinen Namen rufen und sprang auf.

»Ich wollte Ihnen noch etwas sagen, Timothy, falls ich Sie im Zug nicht sehen sollte«, bemerkte Mary, »Mrs. Renfrew hat sich entschlossen, nicht nach Bath zu gehen, sondern gleich nach Paris weiterzufahren.«

»Das ist eine glänzende Idee von Mrs. Renfrew. Ob Bath oder Paris, ich werde immer in der Nähe sein. Ich wäre eben fast zu Ihnen hinuntergekommen, um mir das Fahrgeld nach Bath zu leihen.«

»Timothy«, fragte sie mit erschreckter Stimme, »haben Sie schon wieder all das Geld verloren, das Sie in Funchal gewonnen haben?«

Timothy rieb sich die Nase.

»Ich habe es eigentlich nicht verloren. Ich hatte es nur verborgt, und eben ist es mir zurückgezahlt worden.«

»Mrs. Renfrew hält es nicht für richtig, daß Sie auf demselben Dampfer fahren.«

Der Schalk in Marys Augen strafte ihren ernsten Ton Lügen.

»Ich werde mich viel darum kümmern, was Mrs. Renfrew denkt«, rief Timothy. »Sie sind ja mit Ihren Verwandten fast ebenso schlecht daran wie ich.«

»Wie Sie?« Sie war überrascht. »Haben Sie Verwandte?«

»Hunderte.«

»Wo sind sie denn?«

Ihre Freundschaft war in ein Stadium getreten, in dem seine Verwandten sie äußerst interessierten.

»Ich weiß gar nicht, wie sie heißen«, log Timothy. »Ich nenne sie mit Nummern statt mit Namen – eins, zwei, drei, vier usw. Diesen Augenblick dachte ich gerade an Numero neunundsiebzig – guten Morgen, Mrs. Renfrew!«

Mrs. Renfrew war streng und dünn; auch ihr gelbes Gesicht und ihre Hakennase fielen auf. Sie gehörte zu einer der ersten Familien in Bath, und es war eine unversiegbare Quelle ihres Stolzes, daß sie solche Leute nicht kannte, wie andere Leute sie kannten. Mary beobachtete die Begegnung mit vor Vergnügen blitzenden Augen.

»Werde ich den Vorzug Ihrer Gesellschaft auch in London haben?« fragte Mrs. Renfrew. Sie machte es sich zur unverletzlichen Pflicht, Mary zu übersehen, und hielt auch wirklich die angenehme Vorstellung aufrecht, daß Mary an Bord des Schiffes nicht vorhanden sei.

»Das Vergnügen ist auf meiner Seite«, entgegnete Timothy. »Ich reise ja gar nicht mit Ihnen nach London.«

Er sagte das in so unschuldigem Ton, daß Mrs. Renfrew schon mitten in ihrem nächsten Satz war, ehe sie merkte, daß man die Entgegnung auch beleidigend auffassen konnte.

Glücklicherweise trat ein sehr erhitzt aussehender Steward in diesem Augenblick hinzu und rief Mrs. Renfrew fort. Sie zog ihren Schützling dabei mit und verschwand mit einem niederschmetternden Blick auf Timothy.

›Trau-Allen-Chancen‹ Anderson, der sich sehr glücklich fühlte, war einer der ersten an Land und schlenderte am Kai entlang. Er beobachtete die Laufplanke, um zu sehen, wann Mary ausstieg. Unmittelbar über ihm türmte sich das hohe Deck der ›Tigilanes‹ – was er in dem Moment merkte, als mit großem Krach ein schwerer, hölzerner Wasserkübel so dicht neben seinem Kopf niederfiel, daß er seine Schulter streifte. Es war ein sehr großer Kübel, und er hätte ihn bei seinem Fall aus solcher Höhe ernstlich verletzen können.

Er sah hinauf.

Die beiden Kartenspieler, mit denen er die kleine Auseinandersetzung gehabt hatte, lehnten über die Reling, hatten die Köpfe in die entgegengesetzte Richtung gewandt und waren in ein Gespräch vertieft.

»Haha!« schrie Timothy.

Sie waren anscheinend taub, denn sie setzten ihre Unterhaltung fort. Ein Deckmatrose kam mit einem Packkorb voll Orangen vorbei; es fiel eine herunter. Timothy nahm sie auf. Die Aufmerksamkeit der Herren Brown und Chelwyn war immer noch anderweitig in Anspruch genommen. Mit einem kleinen Schwung seines Armes sandte Timothy die Orange auf ihre schnelle, unfehlbare Bahn. Sie traf den rothaarigen Mann direkt an die Wange, und dieser fuhr mit einem Fluch herum.

»Sie haben Ihren Kübel fallen lassen«, rief Timothy zuckersüß. »Soll ich ihn Ihnen hinaufwerfen, oder kommen Sie herunter, um ihn zu holen?«

Der Mann sagte etwas Heftiges, aber sein Gefährte zog ihn fort, und Timothy ging, um sich im Zug einen Platz zu sichern.

16

Der Zug war sehr besetzt, trotzdem verschaffte er sich einen Eckplatz in einem der Abteile. Es war leer, als er eintrat, aber zu seiner Überraschung folgten ihm Brown und Chelwyn auf dem Fuß und verteilten ihre Siebensachen auf drei Sitze, so daß sie nach Art erfahrener Reisender für zwei Fahrkarten reichlich den Platz für drei einnahmen.

Sie beachteten Timothy nicht, solange der Zug noch stand, und er war sehr neugierig, was sie wohl für Absichten hatten. Es war kaum anzunehmen, daß sie nach den Erfahrungen des Vormittags versuchen würden, handgreiflich zu werden, um so weniger, als diese Anschlußzüge im Hafen polizeilich gut überwacht wurden.

Als sie aus der Riverside-Station herausfuhren, beugte sich der glattzüngige Engländer nach vorn.

»Ich hoffe, Mr. Anderson, daß Sie vergessen und vergeben.«

»Gewiß. Ich habe ja gar nichts zu vergeben.«

»Mein Freund«, sagte Mr. Brown lächelnd, »ist ein wenig überstürzt, ich meine ein wenig voreilig.«

»Danke für die Belehrung, ich dachte, es hieße betrügerisch.«

Mr. Chelwyn verzerrte die Züge, sagte aber nichts. Brown dagegen lachte. Er lachte herzlich – wenn auch gemacht.

»Das ist kein schlechter Witz, aber um Ihnen die Wahrheit zu sagen, wir haben Sie falsch eingeschätzt – wir hielten Sie für einen der unseren. Mein Freund und ich, wir wollten uns einen Spaß machen und Sie übertölpeln.«

»Na, und hat's Spaß gemacht?«

»Ja und nein.« Brown war nicht leicht zu verblüffen. »Wir hatten natürlich die Absicht, Ihnen das Geld zurückzugeben, ehe Sie das Schiff verließen.«

»Natürlich. Ich hatte auch niemals etwas anderes erwartet.«

»Aber Sie haben uns den Spaß verdorben.«

»Wenn die Unterhaltung in einer fremden Sprache weitergeführt werden soll, so würde ich einfach sagen: ›Honi soit qui mal y pense.‹ «

Der höfliche Mr. Brown lachte wiederum.

»Sie haben wohl nichts dagegen, wenn mein Freund und ich ein Spiel machen. Wir wollen uns gegenseitig etwas abschwindeln.«

»Nicht im geringsten – das heißt, ich habe nichts dagegen, Sie zu beobachten; aber wenn Sie versuchen sollten«, fuhr Timothy heiter fort, »mich darauf aufmerksam zu machen, wie leicht ich hundert Pfund gewinnen könnte durch das Aufnehmen oder Verschwindenlassen einer Karte, wenn Ihr Freund gerade nicht hinsieht, oder wenn Sie versuchen sollten, mir zu zeigen, wie man reich werden kann durch jene Kunststückchen, die die Schulkinder auf den Jahrmärkten so gerne sehen, so würde ich mich leider in die peinliche Notwendigkeit versetzt sehen, Sie heftig auf die Hand zu schlagen.«

Danach schlief die Unterhaltung ein, bis der Zug durch Crewe gefahren war und sich Rugby näherte. Hier hielt Brown mitten in einer langen, gelehrten Unterhaltung über englische Politik inne, um Timothy eine Zigarette anzubieten. Timothy nahm sich eine und steckte sie in die Tasche.

»Das ist eine der besten ägyptischen Marken«, bemerkte Mr. Brown obenhin.

»Die beste für Sie oder für mich?« fragte Timothy.

»Bah!« Der rothaarige Chelwyn sprach ihn zum erstenmal an. »Wovor haben Sie denn Angst? Sie sind so scheu wie eine Katze! Glauben Sie vielleicht, wir wollen Sie vergiften?«

Mr. Brown brachte eine Feldflasche zum Vorschein und goß etwas Whisky in den Becher, reichte ihn seinem Gefährten und trank dann selbst. Dann goß er unaufgefordert ein wenig mehr in den Becher und bot ihn Timothy an.

»Wir wollen die Toten begraben!«

»Ich habe gar keine Lust, tot zu sein«, lächelte Timothy, »ich möchte vielmehr sehr lebendig sein.«

Trotzdem nahm er den Becher und roch daran.

»Er hat einen ganz bestimmten Geruch. Sie werden den Fachausdruck dafür wahrscheinlich gar nicht kennen, für Sie wird es ganz einfach ein ›Totschlägerschnaps‹ sein. Wirklich«, er gab den Becher zurück, »ihr Jungens seid doch blutige Anfänger. Wo habt ihr das alles her – vom Film?«

Der Rothaarige sprang mit einem Knurren halb von seinem Sitz auf.

»Bleiben Sie sitzen«, befahl Timothy scharf, und mit einem Ruck stieß er die Wagentür auf. Die Männer schraken zurück beim Anblick des rasend laufenden Gleises: mit Gewißheit würden sie beim Verlassen des Zuges während der Fahrt den Tod finden. »Bei dem geringsten Versuch werde ich einen oder auch alle beide auf die Gleise werfen. Wir fahren mit ungefähr neunzig Kilometer in der Stunde, und wer hier herausfliegt, der hat keine Chance mehr. Na, wollen wir anfangen mit der Keilerei?«

»Machen Sie die Tür zu, machen Sie doch die Tür zu«, bat Brown nervös. »Was für eine blödsinnige Idee, Mr. Anderson!«

Timothy zog die Tür wieder zu, und der Mann neigte sich ihm zu.

»Ich werde Ihnen alles offen erklären. Wir haben die Fahrt bis zum Kap und wieder die ganze Rückfahrt gemacht, und der einzige Gimpel, der uns auf den Leim ging, waren Sie. Was wir von Ihnen gewonnen haben, hat gerade unsere Ausgaben gedeckt, und ich schlage Ihnen vor, als Sportsmann und Gentleman, geben Sie uns die Hälfte von dem Zeug zurück.«

»Der Sportsmann in mir bewundert Ihren Mut«, sagte Timothy freundlich, »aber vermutlich ist es das Stück Gentleman in mir, das auf Ihre interessante Bemerkung ein empörtes ›Nein‹ erwidert.«

Brown wandte sich an seinen Gefährten.

»Na, da ist nichts zu machen, Len, wir müssen das Geld eben fahren lassen. Schade«, sagte er sehnsüchtig.

So schloß die Unterhaltung für diesmal, und Timothy hörte

nichts mehr, bis er in dem düsteren Hof des Londoner Bahnhofs Euston stand und in ein Auto steigen wollte.

Zu seiner Überraschung war es der Rothaarige, der sich ihm näherte, doch etwas in dessen Haltung hinderte Timothy daran, ihn sofort zum Teufel zu jagen.

»Geben Sie acht, junger Mann«, warnte er T. A. C., »hüten Sie sich vor Brown; er ist wie wild.«

»Nun, Sie sind ja auch nicht gerade zahm.«

»Beachten Sie mich nicht.« Der Mann wurde ein wenig bitter. »Ich bin zum Dreinschlagen engagiert. Ich hätte zweihundert von Ihrem Geld bekommen, und das hat mich so aufgebracht. Brown bezahlt meine Ausgaben, gibt mir zehn Pfund in der Woche und eine Provision. Das hört sich komisch an, was, aber es ist wahr.«

Irgendwie fühlte Timothy, daß der Mann nicht log.

»Er hat Schluß gemacht mit mir; er sagt, ich sei ein Unglücksrabe. Wissen Sie, was ich für die fünfwöchige Arbeit bekommen habe? Da, sehen Sie her!« Er streckte seine Hand aus und zeigte zwei Zehnpfundnoten. »Brown ist gefährlich«, wiederholte er. »Darüber geben Sie sich ja keiner Illusion hin. Ich war nur so wild, weil ich mein Geld verloren habe, aber er ist wütend, weil Sie so frech zu ihm gewesen sind und ihn jedesmal ausgeschmiert haben. Guten Abend!«

»Wenn Sie gelogen haben, so ist es zumindest eine glaubhafte Lüge und eine, die mir Spaß macht. Das wird mein Gewissen beschwichtigen.« Er ließ zwei Scheine in die Hand des Mannes gleiten.

Chelwyn war für einen Augenblick sprachlos. Dann fragte er: »Wo wohnen Sie in London, Mr. Anderson?«

»Im Brüssel-Hotel.«

»Im Brüssel-Hotel. Ich werde es nicht vergessen. Ich werde es schon erfahren, wenn irgend etwas geplant wird, und Ihnen rechtzeitig Nachricht geben. Sie sind ein Gentleman, Mr. Anderson.«

»Das hat Mr. Brown auch schon gesagt.« Mit einer ungewöhnlichen Heiterkeit im Herzen fuhr Timothy ab.

Ein feiner Regen sprühte herab, als das Auto durch ein Labyrinth armseliger Gäßchen dahinquietschte. Im Vorbeifahren konnte er durch die verregneten Scheiben des Taxis die ebenso armen Bewohner sehen, grotesk und unwirklich wie Schemen. Dann auf einmal änderte sich das Aussehen der Stadt, und er befand sich in einer breiten, lichtüberfluteten Straße, Bäume, große, offene Plätze. Dann aber bog das Taxi wieder ins Halbdunkel und fuhr vor dem Hotel vor.

Ein Portier öffnete die Tür.

»Haben Sie Ihr Zimmer vorausbestellt?«

Timothy bestätigte leutselig, daß dies der Fall sei.

Als er am nächsten Morgen erwachte, strahlte ihm ein schöneres London entgegen als am Abend vorher. Er sah altertümliche Gebäude, wie Cruikshank sie zu zeichnen liebte, grüne Plätze und Bäume von tiefem, sattem Grün.

Mary wohnte im Carlton-Hotel, und er hate sich zum Lunch mit ihr verabredet. Mit ihrem Drachen war er zwar nicht verabredet, aber er wußte, daß er auch dabeisein würde. Er frühstückte und wollte gerade das Hotel verlassen, als er auf Chelwyn stieß.

Man würde Timothy unrecht tun, wenn man behaupten wollte, daß er seine Freigebigkeit vom Abend vorher bereute. Immerhin hatte er Befürchtungen, ob er nicht ein wenig zu großzügig gewesen sei. Der Besuch von Mr. Chelwyn, der wie aus dem Ei gepellt und ganz zuversichtlich aussah, war schon ein wenig verdächtig; es stellte sich jedoch bald heraus, daß das Mißtrauen unbegründet war.

»Kann ich Sie einen Augenblick allein sprechen, Mr. Anderson?« fragte der Rothaarige.

Timothy zögerte.

»Kommen Sie ins Empfangszimmer.«

Es war der einzige Raum, der um die Morgenstunde leer war. Chelwyn legte Hut, Stock und die funkelnagelneuen gelben Handschuhe hin, ehe er sprach.

»Also, Mr. Anderson, ich bin gekommen, um Ihnen etwas mitzuteilen, was Sie überraschen wird.«

»Haben Sie vielleicht einen goldenen Ziegelstein von Ihrem Onkel Georg aus Alaska bekommen?« fragte Timothy argwöhnisch. »So etwas kaufe ich nämlich nicht.«

Der Mann lächelte und schüttelte den Kopf.

»Sie glauben doch wohl selber nicht, daß ich solchen Blödsinn bei Ihnen versuchen werde. Nein, es handelt sich um etwas viel Ernsteres. Ehe ich fortfahre, möchte ich Sie darauf aufmerksam machen, daß ich nicht um Geld bitte. Ich bin Ihnen dankbar für das, was Sie gestern abend für mich getan haben, Mr. Anderson. Ein Gauner hat ebensogut Frau und Kinder wie jeder andere. Ich habe dieses merkwürdige Geschäft zehn Jahre lang betrieben, aber nun habe ich es aufgesteckt, für immer.« Er sah sich um und senkte seine Stimme. »Mr. Anderson, ich sagte Ihnen gestern abend, daß wir fünf oder sechs Wochen aus England fort waren. Ist Ihnen dabei nichts aufgefallen?«

»Durchaus nicht.«

»Da merkt man, daß Sie den Betrieb nicht kennen. Im allgemeinen, wenn wir diese Linien abgrasen, fahren wir bis Kapstadt und dann mit dem nächsten Schiff wieder zurück. Was glauben Sie wohl, weswegen wir in Funchal geblieben sind? Auf diesen kurzen Fahrten kann man nämlich kein Geld machen, das kann man nur auf der langen Strecke zwischen Madeira und Kapstadt.«

»Ich habe nicht die leiseste Ahnung«, sagte Timothy müde. »Ich kann mich nicht einmal daran erinnern, Sie in Funchal gesehen zu haben –«

»Wir spielten niedrig«, unterbrach Chelwyn.

»Das kann ja sein. Aber wenn Sie gekommen sind, um mir Ihre interessante Lebensgeschichte zu erzählen, Rotkopf, so machen Sie es möglichst kurz – die Geschichte, meine ich, nicht etwa Ihr Leben.«

»Gut, ich werde so schnell wie möglich erzählen. Ich arbeite nicht immer mit Brown, ich habe erst dreimal mit ihm gearbeitet. Ich bin keine große Nummer mit den Platten –«

»Den Platten –?«

»Mit den Karten«, verbesserte er. »Ich meine, ich bin beim Kartenspiel nicht so geschickt wie mancher andere. Ich habe einen gewissen Ruf für Prügeleien. Ich habe niemals einen Kameraden im Stich gelassen, und ich war für jeden Krach zu haben. Vor ungefähr zwei Monaten hat Brown nach mir geschickt – er bewohnt eine Etage am Piccadilly und lebt wie ein Lord. Er sagte mir, daß er in besonderem Auftrag nach Madeira fahre, daß er von einer Dame in Paris gemietet worden sei – von einer gewissen Mrs. Serpilot, wenn Sie sich das notieren wollen –, um eine junge Dame im Auge zu behalten, die dorthin kommen werde. Der jungen Dame solle nichts geschehen, aber sie werde wahrscheinlich von einem Mann begleitet werden, und dem sollten wir auf die Finger sehen.«

»Wie heißt die junge Dame?« fragte Timothy schnell.

»Miss Maxell. Und Sie sind der Bursche, den wir außer Gefecht setzen sollten. Brown wollte Sie pleite machen. Dann, sobald Sie in London angekommen wären, sollte einer seiner Komplicen Ihnen begegnen und Ihnen Geld anbieten. Sie haben sich die Beschuldigung ausgedacht, daß Sie sich unter falschem Vorwand Geld erschwindelt hätten, und dann wären Sie festgenommen worden.«

Timothy runzelte die Stirn.

»Hat Mrs. Serpilot diesen Plan entworfen?«

»Nein, sie gab Brown nur die allgemeinen Richtlinien. Sie hat aber niemals gesagt, was mit Ihnen geschehen soll. Sie sollten nur daran gehindert werden, die Dame zu begleiten.«

»Wer ist Mrs. Serpilot?«

»Da fragen Sie mich zuviel. Wahrscheinlich irgendeine alte Witwe. Brown hat mir nie viel von ihr erzählt. Er hat von ihr Anweisungen bekommen, als er in Paris war, mehr habe ich nicht erfahren. Ich ging mit ihm nach Madeira, weil er wußte, daß ich ein Grobian bin – aber ich war nicht grob genug«, fügte er mit trockenem Lächeln hinzu.

Timothy streckte die Hand aus.

»Rotkopf, bitte, verzeihen Sie mir die Orange.«

»Oh, das macht nichts, das gehört zum Beruf. Es hat mich ein bißchen gereizt, und mein Auge ist etwas entzündet, aber das braucht Sie weiter nicht zu kümmern. Sie müssen jetzt nur auf Brown aufpassen; denn der ist auf Sie versessen wie der Teufel auf die arme Seele.«

»Ich werde mir auch mal diese Mrs. Serpilot anschauen. Wahrscheinlich werde ich nach Paris gehen.«

»Sie ist jetzt nicht in Paris, soviel kann ich Ihnen sagen«, entgegnete Chelwyn. »Die Depesche, die Brown in Liverpool bekam, war aus Monte Carlo.«

»So! Ha, Monte Carlo ist sogar noch reizvoller als Paris.«

17

Als Chelwyn gegangen war, blieb Timothy in tiefen Gedanken zurück. Wer war Mrs. Serpilot, die Dame, die ein so großes Interesse daran hatte, daß Mary allein reiste? Und warum war sie von Paris nach Monte Carlo gefahren, jetzt, wo die Saison schon vorbei war? Denn er hatte mit Mary ausgemacht, daß London und Paris nur kurze Etappen sein sollten auf dem Weg nach der Riviera. Warum hatte Mrs. Serpilot ihre Pläne gleichzeitig geändert? Das war kein Zufall mehr.

Beim Lunch war er mit Mary allein, denn ihre Anstandsdame hatte Kopfschmerzen.

»Mary«, begann er, »können Sie mir sagen, wie es kam, daß wir auf dem Dampfer unsere Pläne umgestoßen haben und uns entschlossen, direkt nach Monte Carlo zu fahren, anstatt in Paris zu bleiben?«

»Ja«, sagte sie sofort. »Erinnern Sie sich nicht? Ich erzählte Ihnen doch von diesen schönen Bildern, die ich auf dem Schiff gesehen habe.«

»Wo haben Sie sie denn gesehen?«

»Ich fand sie eines Tages in der Kabine. Der Steward hatte sie wohl liegenlassen. Es waren ganz wunderschöne Reproduktionen, Farbdrucke und Fotografien. Erzählte ich Ihnen denn nicht davon?«

»Ja, jetzt erinnere ich mich. Soso, in Ihrer Kabine haben Sie sie gefunden? Na, auf meiner Pritsche hat niemand so schöne und reizvolle Bilder von Monte Carlo liegengelassen, aber das wird mich kaum hindern, trotzdem nach Monte Carlo zu fahren.«

Jetzt hatte sie endlich die Gelegenheit gefunden, die sie schon seit einer Woche suchte.

»Ich möchte Sie etwas fragen, Timothy. Mrs. Renfrew erzählte mir neulich, daß Sie ›Trau-Allen-Chancen‹ Anderson genannt werden. Warum eigentlich?«

»Nun, wahrscheinlich doch, weil ich allen Chancen traue. Das habe ich mein Leben lang getan.«

»Sie sind doch kein Spieler, Timothy, wie?« Sie sagte das sehr ernst. »Ich weiß, daß Sie wetten und Karten spielen, aber das tun die Männer oft zum Vergnügen, und das ist richtig so. Aber wenn ein Mann es darauf anlegt, seinen Lebensunterhalt damit zu verdienen, und wenn es ihm auch wirklich gelingt, durch Glücksspiel sein Leben zu fristen, dann gehört er in ein anderes Milieu und zu anderen Menschen.«

Er entgegnete nichts.

»Sie sind für so ein Leben viel zu gut, Timothy«, fuhr sie fort. »Es gibt viele Chancen, die ein Mann ergreifen kann, wenn er seinen Verstand gebraucht und seine Kraft und Geschicklichkeit einsetzt. Wenn er damit gewinnt, dann ist sein Spiel sicher. Er verliert es nicht am nächsten Tag oder im nächsten Monat, er wird dann immer Gewinne einstreichen, Timothy.«

Im ersten Augenblick war er ärgerlich. Sie rührte an seine wunde Stelle, die Eitelkeit, und er war ganz überrascht, wie empfindlich er war. Alles, was sie sagte, war wahr, ja blieb hinter der Wahrheit noch zurück. Sie konnte ja nicht wissen, wie wenig seine Gedanken und Neigungen auf geregelte Arbeit gerichtet waren und wie wenig sich seine Zukunftspläne mit wirklichen Leistungen beschäftigten. Er sah die Arbeit nicht als etwas an, das man festhalten und ausbauen müsse, sondern nur als ein notwendiges Übel zwischen zwei erfolgreichen Chancen. Er erschrak fast, als ihm diese Wahrheit zum Bewußtsein kam. Mary war nervös und ängstlich darauf bedacht, ihn nicht zu verletzen, sie wußte, daß sie einen heiklen Punkt berührt hatte.

»Timothy, ich möchte, daß Sie diesen Abschnitt Ihres Lebens überwinden, um Ihretwillen und um meinetwillen, denn Sie sind mein Freund, und ich möchte stolz auf Sie sein. Mrs. Renfrew spricht von Ihnen wie von einem Spieler und sagt, trotz Ihrer Jugend sei Ihr Name wohlbekannt unter denen, die lieber wetten als arbeiten. Ist das wahr, Timothy?«

Sie legte ihre Hand auf die seine und sah ihm ins Gesicht.

»Es ist leider wahr, Mary. Wie es so gekommen ist, weiß ich heute selbst nicht mehr. Zugegeben, ich habe ein bißchen über die Schnur gehauen, und ich bin Ihnen dankbar, daß Sie mir ein Halt zurufen. O nein, ich bereue die Vergangenheit nicht! Alles hat seinen Nutzen, und ich habe meine Chancen gut genutzt. Aber ich sehe ein, daß es für einen Mann andere Chancen gibt, als auf die Schnelligkeit eines Pferdes zu setzen oder gegen Zero zu spielen. Vielleicht werde ich mich, wenn ich nach London zurückkomme, als anständiger Bürger niederlassen und Hühner züchten oder etwas Ähnliches.«

Er sagte das in vollem Ernst, obgleich sie zuerst meinte, er spreche ironisch.

»Und Sie werden nicht wieder spielen?«

Er zögerte mit der Antwort.

»Es ist nicht richtig«, sagte sie schnell, »ich meine, es ist nicht richtig von mir, Sie so zu fragen. Es ist grausam, Sie nach Monte Carlo fahren zu lassen und von Ihnen zu verlangen, sich nicht an den Spieltisch zu setzen. Aber versprechen Sie mir eins, Timothy: daß Sie mit dem Spielen aufhören, sobald ich es von Ihnen verlange.«

»Meine Hand darauf.« Timothy strahlte schon bei der Aussicht, daß Mary ihm das Spielen nicht sofort untersagt hatte. »Von jetzt ab –« Er hob feierlich die Hand. »Kennen Sie übrigens eine Mrs. Serpilot?«

Sie schüttelte den Kopf.

»Nein, ich habe den Namen niemals gehört.«

»Haben Sie Verwandte oder Freunde in Frankreich?«

»Keine.«

»Warum gehen Sie eigentlich nach Frankreich? Als wir damals zusammen berieten, Mary, wollten Sie die Ferien in Madeira verbringen und sich dann in Bath häuslich niederlassen. Von Ihrer Absicht, wieder ins Ausland zu gehen, erfuhr ich erst durch den Brief, den Sie mir schrieben, ehe ich nach Madeira fuhr.«

»Ich wollte schon vor einem Jahr ins Ausland gehen, gleich nach Sir Johns Tod. Damals paßte es Mrs. Renfrew nicht; eines ihrer Kinder hatte die Masern.«

»Kinder hat die Frau auch?«

»Seien Sie doch nicht komisch. Natürlich hat sie Kinder. Sie war es auch, die die Reise anregte. Sie schreibt kleine Artikel für den ›Bather Provinz-Boten‹ – das ist die Zeitung von Bath –- über Kindererziehung und dergleichen. Sie ist keine Journalistin, sondern nur gelegentliche Mitarbeiterin.«

»Ich weiß, manchmal schreibt sie Gedichte, manchmal Rezepte für Gefrorenes. – ›Man nehme drei Tassen Mehl, einen Schoppen Rahm, und eine Prise Vanille –‹«

Mary lächelte. Offenbar hatte Timothy das Gebiet erraten, auf dem sich Mrs. Renfrew journalistisch betätigte.

Mary fuhr fort: »Nun soll nächste Woche in Paris so eine Art Tagung über ›Mütterwohlfahrt‹ sein – eine internationale Angelegenheit –, und als wir in Madeira waren, bekam Mrs. Renfrew eine Einladung dazu mit einer Freikarte zur Hin- und Rückfahrt – ist das nicht großartig?«

»Großartig! Und Sie haben das natürlich für eine ausgezeichnete Gelegenheit gehalten mitzugehen?«

Mary nickte.

»Und als Sie hier ankamen, haben Sie erfahren, daß die Tagung über ›Mütterwohlfahrt‹ um zehn Jahre verschoben worden ist?«

»Woher wissen Sie denn, daß die Tagung aufgeschoben wurde?«

»Ach, das habe ich nur geraten«, sagte er obenhin, »so etwas kommt doch vor.«

»So war es auch«, erzählte Mary weiter. »Überhaupt niemand wußte etwas von dieser Tagung; der Brief, den Mrs. Renfrew an die Gesellschaft für Mütterwohlfahrt in Paris gerichtet hatte, war zurückgekommen mit dem Vermerk: ›Adressat unbekannt.‹«

Hier war ein weites Feld für harmlose und weniger harmlose Grübeleien. Der geheimnisvolle Jemand hatte sich Mrs. Renfrew genähert, weil er wußte, daß sie Mary mitnehmen würde, und dieser finstere Jemand hatte zwei Männer engagiert, um sie beobachten und Timothy außer Gefecht setzen zu lassen, falls er sich entschließen sollte, die Reise nach Frankreich mitzumachen.

Drei Tage später fuhr die kleine Gesellschaft über den Kanal. Timothy hatte große Hoffnungen auf Abenteuer. Sie sollten vom Schicksal mehr als erfüllt werden.

Drei Tage blieben sie in Paris, und er amüsierte sich glänzend. Er ging zu den Rennen von Maisons-Lafitte und kam glühend vor Freude über seine eigene Tugend zurück, denn er hatte nicht gesetzt. Er trieb sich am Baccarat-Spielklub von Enghien herum und kehrte am Abend mit einem Heiligenschein zurück, den Mary ihm mit eigener Hand auf das Haupt gesetzt hatte.

»Sie sind wirklich ein feiner Kerl, Timothy«, pries sie ihn, »Sie wissen doch, ein letzter Rausch ist Ihnen erlaubt.«

»Den hebe ich mir für Monte Carlo auf!« schwor Timothy.

Seit seiner Ankunft in Paris hatte sein Spitzname seine Berechtigung verloren, denn er traute keiner Chance mehr. Wenn er abends ausging, blieb er auf den strahlend erleuchteten Boulevards oder in der Nähe dichtbesetzter Cafés. Er hielt sich fern vom Gedränge – besonders von solchem Gedränge, das plötzlich und ohne ersichtlichen Grund entstand. Er versuchte sein Glück nicht mehr.

Einmal, als er bei Scribe dinierte, glaubte er das vertraute Gesicht Mr. Browns zu sehen. Mit einer Entschuldigung verließ er rasch die beiden Damen und bahnte sich unter Schwierigkeiten den Weg durch das dichtbesetzte Restaurant. Aber der Mann war bereits verschwunden.

»Diese Cafés haben so viele Türen wie eine Zauberbühne«, brummte er, als er zurückkam.

»Haben Sie einen Freund gesehen?« fragte Mary.

»Nicht gerade einen Freund, aber einen, der ein finanzielles Interesse an mir hat«, erwiderte Timothy.

Mrs. Renfrew war unter dem unwiderstehlichen Einfluß von Paris ein wenig aufgetaut. Sie hatte viel zu tun mit dem Schreiben von Ansichtspostkarten und hatte drei Spalten lang ihren ersten Eindruck von der französischen Hauptstadt für die Bather Zeitung zu Papier gebracht. Sie hatte auch ein Gedicht gemacht, das so anfing: ›O Stadt voller Licht, der's an Glanz nicht gebricht‹, und dann reimte sie weiter ›Eiffelturm‹ auf ›Wintersturm‹, ›Spiel‹ auf ›gefiel‹ und ›Entzücken‹ auf ›berücken‹, dreiundzwanzig Strophen lang.

»Ich bin stolz auf diese Beschreibung von Paris«, erklärte Mrs. Renfrew. »›Stadt voller Licht!‹ Finden Sie das nicht auch sehr originell, Mr. Anderson?«

»O ja. Die Pariser haben sie schon vor zweihundert Jahren die ›Ville Lumière‹ genannt.«

»Das ist ja fast dasselbe, nicht wahr?« jubelte Mrs. Renfrew. »Wie gescheit die Franzosen sind.«

Sie sprach nicht Französisch und sah den jungen Mann mit freundlicheren Augen an, als sie merkte, daß er es konnte. Es wurde Timothys Aufgabe, Billetts zu besorgen, Autos zu bestellen, Rechnungen zu bezahlen, überhaupt den Führer der kleinen Gesellschaft zu spielen.

Er drängte jedoch, aus Paris fortzukommen, denn er brannte darauf, endlich den großen Kampf zu beginnen. Aus irgendeinem Grund glaubte er nicht, daß Mary etwas Böses zustoßen würde. Später empfand er das als merkwürdig, aber im Augenblick waren all seine Gedanken auf den Kampf mit dieser alten Dame gerichtet, die sich in den Kopf gesetzt hatte, ihn von Mary Maxell zu trennen.

Kein unangenehmer Zwischenfall – abgesehen von dem Gedränge im Speisewagen – störte die Reise nach Monte Carlo. Eine unvermeidliche Nacht mußte man in einem dumpfen Schlafabteil zubringen, in einem Wagen, der derartig rüttelte und schüttelte, daß Timothy ihn schon aus den Gleisen springen sah. Morgens erreichten sie das Tal der Rhone, eines breiten, blauen, weißschäumenden Stromes; er fließt zwischen kahlen Hügeln, an einsamen Schlössern und seltsam ummauerten Städten vorbei, die aussahen, als seien sie seit Jahrhunderten unter Glas aufbewahrt worden, gleichsam um die moderne Welt daran zu erinnern, unter welchen Gefahren unsere Vorväter gelebt haben. Dann kamen sie nach Marseille und nach einer heißen und langsamen Fahrt nach Nizza.

Für Mary war diese Reise eine einzige Freude. Sie hätte keinen Abschnitt dieser Fahrt missen mögen. Das blaue Meer, die weißen Villen mit ihren grünen Jalousien, die über Mauer und Pergola wallenden Rosen, die Brise, die den Duft mitbrachte – dies alles versetzte sie in eine neue Welt, schöner als die Phantasie sie malen konnte.

Monte Carlo hat wirklich etwas sehr Gefälliges. Es ist so ordentlich, so sauber, so rein und weiß, daß man die Vorstellung hat, es würde jeden Morgen sorgfältig abgestaubt, und die Villen würden jede Woche mit zarten Händen von den Hügeln heruntergenommen, um frisch poliert und dann wieder aufgestellt zu werden.

Timothy nahm ein Zimmer im Hotel de Paris, wo auch Mary wohnte, und ging gleich daran, Erkundigungen einzuziehen.

»Mrs. Serpilot?« überlegte der Portier. »Es gibt eine Mrs. Serpilot, aber die wohnt nicht hier.«

»Wo könnte ich da wohl Bescheid bekommen, bitte?«

»Im Rathaus. Wenn die Dame wohlhabend ist, wird Ihnen vielleicht auch der Direktor des Crédit Lyonnais Auskunft geben können.«

»Vielen Dank.«

Timothy ging zuerst zum Crédit Lyonnais. Der Direktor war außerordentlich höflich, aber durchaus nicht sehr mitteilsam. Es sei nicht die Gewohnheit der Bank, die Adressen ihrer Kunden bekanntzugeben. Er könne zwar nicht sagen, ob Mrs. Serpilot seine Kundin sei, aber wenn sie es wäre, könnte er ihre Adresse doch nicht jedem Unbefugten geben.

Er ging zum Rathaus und hatte dort mehr Glück.

Mrs. Serpilot wohnte in der Villa Condamine. Die Villa Condamine lag im allervornehmsten Viertel von Monte Carlo, auf der kleinen Halbinsel Cap Martin.

»Wohnt die Dame schon lange dort?«

»Einhundertundneunundzwanzig Tage«, erwiderte der Beamte sofort. »Die Dame mietete die Villa möbliert von dem Erben der Großfürstin Helena, die seinerzeit ermordet worden ist.«

18

Zuerst ging er zu dem Grundstücksagenten auf der Hauptstraße, und von ihm erfuhr er die genaue Lage von Mrs. Serpilots Wohnhaus.

»Eine alte Dame?« wunderte sich der Agent.

»Dann wird sie jung sein«, meinte Timothy. »Alte Männer hat man nicht an die Front geschickt.«

Er rief den Gehilfen, der der Dame das Haus gezeigt und ihr

die Dokumente zur Unterschrift gebracht hatte. Er war sechzehn Jahre alt, und in diesem Alter rechnet man die meisten Leute, die über Zwanzig sind, zu den Alten. Er glaubte jedoch bestimmt, daß sie Witwe und schon etwas gebrechlich sei, denn sie gehe am Stock. Auch trage sie immer einen dichten, schwarzen Schleier, selbst wenn sie im Garten sei.

Er orientierte sich über die Lage des Hauses auf einem großen Plan, den der entgegenkommende Agent herbeigebracht hatte, und ging ins Hotel zurück, fest entschlossen, bei erster Gelegenheit Mrs. Serpilot zu besuchen.

Mary wartete schon auf ihn, ein bißchen ungeduldig für jemanden, der Abscheu vor dem Spiel hat.

»Wir müssen uns im Büro anmelden; der Portier sagt, wir müßten besondere Mitgliedskarten haben, um zum Privatzirkel zugelassen zu werden.«

Die Karten waren leicht beschafft, und sie gingen in den großen Saal. Um fünf Tische herum gruppierten sich im Halbkreis schweigend Damen und Herren. Der Anblick war für Timothy zauberhaft und faszinierend. Damit verglichen waren alle anderen Spielsäle der Welt, alle Roulette- und Baccarattische roh und dillettantisch.

Timothy war sehr schweigsam, als sie durch die Tür des Privatzirkels schritten, in jenen wundervollen Innenraum, der, vom Eingang aus gesehen, wie eine reiche Kathedrale anmutet.

»Wie wollen Sie diese Leute finden?« fragte Mary.

Er antwortete nicht.

Der Roulettetisch zog ihn nicht an. Er schlenderte fort, um die Spieler beim Trente et Quarante zu beobachten. Dieses Spiel war schwieriger. Einer der Beamten teilte zwei Reihen Karten aus; jede Reihe war abgeschlossen, wenn die Summe der Augen etwas über dreißig betrug. Die obere Reihe bedeutete schwarz, die untere rot, und diejenige, die näher an Dreißig herankam, hatte gewonnen. Wenn man dies begriffen hatte, war das Spiel einfach; man konnte entweder auf rot oder schwarz setzen; man konnte auch darauf spielen, daß die erste Karte, die ausgeteilt wurde, zu der Farbe gehöre, die gewinnen würde, oder umgekehrt.

Das Spiel interessierte Timothy. Es hatte ein gewisses Etwas, das ihn faszinierte. Er bemerkte, daß der Croupier nie von »Schwarz« sprach. Das Schwarz hätte für den Trente-et-Quarante-Tisch gar nicht zu existieren brauchen; es hieß entweder ›Rot gewinnt‹ oder ›Rot verliert‹. Er setzte ein Goldstück und gewann das Doppelte. Er setzte noch eins und verlor es. Dann gewann er drei Coups nacheinander und sah sich unsicher, fast schuldbewußt nach Mary um. Sie beobachtete noch immer die Roulettespieler, und Timothy nahm ein Bündel Banknoten aus der Tasche und zählte sechstausend.

Er hatte noch eine weitere Beobachtung gemacht – man konnte die Spieler in drei Kategorien teilen: die erste, die mit einem bis fünf Goldstücken herumprobierte, die zweite, die großzügig in Tausenden setzte, und die letzte, die bei jedem Coup den Höchstbetrag von zwölftausend Francs wagte.

Geld hatte keinen Wert. Timothy warf die sechstausend dem Croupier hin und erhielt dafür sechs längliche Platten, die wie dünne blaue Seifenstückchen aussahen. Er setzte tausend Francs auf schwarz und verlor. Furchtsam sah er sich nach Mary um, aber die war noch immer mit den Roulettespielern beschäftigt. Er wagte noch einmal tausend und verlor wieder. Ein junger Engländer, der am Tisch saß, blickte lächelnd auf.

»Sie wetten gegen die Liste«, sagte er. »Das Spiel ist heute Rot. Sehen Sie her!« Und er zeigte ein kleines Notizbuch, das in Rubriken eingeteilt war und eine lange Reihe von Punkten, einen unter dem andern, aufwies. »Sehen Sie«, sagte er, »dies alles ist Rot. Nur zweimal ist Schwarz herausgekommen, und jedesmal nur viermal hintereinander. Wenn Sie gegen das Spiel setzen, werden Sie alles verlieren.«

An jedem andern Ort als an den Spieltischen von Monte Carlo würden ein solcher Rat und solch vertrauliche Anspielungen auf finanzielle Möglichkeiten übel aufgenommen werden. Aber die Spielsäle machen, wie das Grab, alle Menschen gleich. Die Spieler sind eine große Familie, die sich heimlich verbrüdert haben.

»Ich werde gegen das Spiel setzen«, trumpfte Timothy auf, »schlimmstenfalls verliere ich alles.«

Der Engländer lachte.

Die viertausend Francs, die er noch hatte, gingen denselben Weg wie die vorigen, und Timothy wechselte noch einmal sechstausend und warf zwei auf Schwarz. Dann, der Eingebung des Augenblicks folgend, warf er die übrigen vier auch noch dazu.

»Timothy!«

Bei dem erschreckten Klang der Stimme wandte er sich um: Mary stand hinter ihm.

»So spielen Sie?«

Er versuchte zu lächeln, aber es wurde nur eine Grimasse.

»Ach was, das ist doch nichts. Das sind doch nur Francs, und Francs sind gar kein richtiges Geld.«

Sie wandte sich um und ging fort. Er folgte. Der Engländer drehte sich auf seinem Stuhl herum und sagte etwas. Timothy dachte, er fragte, ob er auf seinen Einsatz aufpassen sollte, und antwortete: »Ja, bitte.«

»Es tut mir leid, Mary, aber dies ist doch mein letzter Coup, und Sie selbst haben ihn mir erlaubt.«

»Sie jagen mir Angst ein. Nicht, weil Sie einen hohen Betrag aufs Spiel gesetzt haben – aber es lag etwas in Ihrem Gesicht, das ... Also mir wurde einfach übel.«

»Mary!« rief er überrascht.

»Ich weiß, ich bin unvernünftig. Aber, Timothy, ich – möchte nicht so von Ihnen denken müssen.«

Sie sah in sein niedergeschlagenes Gesicht und lächelte ihm zu.

»Armer Timothy«, flüsterte sie halb im Scherz. »Jetzt bezahlen Sie die Strafe dafür, daß Sie ein Mädchen zum Freund haben.«

»Ich bezahle die Strafe dafür, daß ich ein Taugenichts bin.« Seine Stimme war heiser. »Ich glaube, ich muß einen Tropfen schlechtes Blut in mir haben. Mary, ich weiß, was ich verliere.« Er ergriff ihre Hand. »Ich verliere das Recht, dich zu lieben.«

Es war ein merkwürdiger Ort für solch ein Geständnis, und in ihren wildesten Träumen hatte Mary nicht geglaubt, daß sie das erste Liebeswort, das ein Mann ihr sagen würde, in einem Spielsaal von Monte Carlo zu hören bekommen würde.

Der junge Engländer am Spieltisch wandte sich um und zog fragend die Augenbrauen in die Höhe. Timothy nickte.

»Er möchte wahrscheinlich wissen, ob ich nun fertig bin. Und mein Ehrenwort, Mary, ich bin es. Nach dieser Reise gehe ich nach

London zurück. Ich werde von vorne anfangen und mich in die Höhe arbeiten.«

»Armer Timothy.«

»Ich will dich nicht anlügen und nicht länger heucheln. Ich liebe dich, Mary, und wenn du auf mich warten willst, so werde ich alles gutmachen.«

»Ich weiß es, Timothy, aber du brauchst nicht von unten anzufangen. Ich habe doch Geld –«

»Halt, Mary. Keinen Cent nehme ich von dir.«

»Warum hat es jetzt geklingelt?« fragte sie.

Zum zweitenmal war bereits die Klingel beim Croupier am Trente-et-Quarante-Tisch ertönt.

»Weiß der Himmel! Vielleicht sollen noch mehr Andächtige versammelt werden.«

Wieder drehte sich der junge Engländer um und murmelte etwas.

»Was will er denn?« fragte Timothy.

»Er sagte Siebzehn. Hast du auf diese Nummer gesetzt?«

Timothy lächelte.

»An diesem Tisch gibt es keine Nummern, nur Nummer eins, und das ist der dicke Mann mit dem Rechen. Mary, ich muß dich etwas fragen: Wenn ich alles gutmache, willst du mich dann heiraten?«

Sie schwieg, und wieder ertönte die Stimme des Croupiers: »Rouge perd – couleur gagne.«

»Was heißt das – ›rouge perd‹? Er hat das schon mehrmals gesagt.«

»Das bedeutet, daß Schwarz gewinnt«, belehrte sie Timothy.

»Gewinnt Schwarz immer?«

»Ach nein, nicht immer«, klagte Timothy mit sanfter Stimme. »Vielleicht sagt er das nur, um mich an den Tisch zurückzulocken. Mary, was antwortest du mir?«

»Ich sage ja.« Und ohne Rücksicht auf den Diener, der sie beobachtete, beugte er sich vor und küßte sie.

Wieder ertönte die Glocke. Der junge Engländer stand auf, schob ein kleines Geldpäckchen in seine Tasche und kam auf sie zu. Er trug etwas, das wie ein großes Buch ohne Deckel aussah.

»Das geht mir auf die Nerven, alter Freund. Sie hätten lieber selbst spielen sollen.« Er händigte das Buch Timothy aus. Der blickte verdattert auf den erhitzten Engländer.

»Was ist denn das?« stieß er endlich hervor.

»Schwarz ist achtundzwanzigmal hintereinander herausgekommen«, klärte ihn der Engländer auf. »Das ist phänomenal! Sie wollten, daß ich weiterspielte, nicht wahr? Ich fragte Sie doch, ob ich Ihre sechstausend Francs weiterspielen solle. Die Bank wurde viermal gesprengt – haben Sie den Croupier nicht nach mehr Geld läuten hören?«

Timothy nickte. Er war sprachlos.

»Na, und Ihre Sechstausend wurden Zwölftausend, und ich ließ das Maximum laufen. Ich fragte Sie, ob es Ihnen recht sei, und Sie nickten.«

»Ja, ich nickte«, wiederholte Timothy mechanisch.

»Sie haben siebenundzwanzigeinhalbmal das Maximum gewonnen.«

Timothy betrachtete das Geld in seiner Hand, dann blickte er zur Decke auf und schluckte etwas hinunter.

»Ich danke Ihnen«, keuchte er, »ich bin Ihnen sehr verbunden.«

»Ich habe selbst eine Menge gewonnen«, meinte der Engänder.

»Ich bin kein Licht im Rechnen«, unterbrach ihn Timothy, »können Sie mir vielleicht sagen, wieviel Pfund siebenundzwanzigundeinhalbmal das Maximum ausmacht?«

»Fünfunddreißig Francs für das Pfund«, rechnete er, »das macht dreihundertvierzig Pfund pro Coup. Siebenundzwanzigeinhalbmal genommen, gleich –«

»Danke schön«, Timothy ergriff die Hand des andern und drückte sie. »Ich danke Ihnen, gütige Vorsehung – Ihren anderen Namen weiß ich leider nicht.«

Timothy und Mary standen nebeneinander und beobachteten die hochaufgeschossene Gestalt des Fremden, der völlig ahnungslos, welch entscheidende Rolle er soeben gespielt hatte, zu den Roulettetischen hinüberging und diese mit jener Überlegenheit beobachtete, die der Trente-et-Quarante-Spieler für ein Spiel empfindet, das nur ein lächerliches Maximum von Sechstausend gestattet.

»Timothy«, flüsterte Mary, »ist das nicht herrlich?«
Er steckte das Geld in die Tasche, die sich dick aufbauschte.
»Was wirst du damit tun?« fragte sie.
»Es den Armen geben«, sagte er und nahm ihren Arm.
»Den Armen?«

»Jawohl, den Armen.« Er blieb fest. »Geld, das man im Spiel gewonnen hat –«

»Unsinn«, unterbrach sie ihn. »Welchen Armen willst du es denn geben?«

»Dem armen Timothy! Und jetzt wollen wir in die Bar gehen und eine Orangeade trinken.«

19

Die Kapelle spielt eine Melodie aus einer neuen Revue, und das Café de Paris war überfüllt. Zahllose Besucher aus Nizza waren herübergekommen, und Monte Carlo bot ein Bild wie mitten in der Saison.

Mrs. Renfrew war mit dem Auto nach La Turbie hinaufgefahren. Sie rief Mary am Abend an, daß sie erst am nächsten Tag zurückkomme, und fügte hinzu, sie könne ›die blinkenden Lichter von Monte Carlo‹ sehen und ›die dunkle Fläche des Ozeans erfülle sie mit seltsamer Unrast‹. Diese Bemerkung wurde dem gefühllosen Timothy brühwarm wiederholt.

»Es muß schrecklich sein, einen solchen Geschmack zu haben«, bemerkte er und fuhr fort: »Mary, ich warte schon lange darauf, etwas Näheres über deine Verwandten zu hören.«

»Ich habe dir über Mrs. Renfrew nichts zu berichten, aber du wolltest mir schon so oft von deinem Vetter erzählen, daß ich wirklich ein bißchen neugierig bin.«

Die Geschichte, die er erzählen mußte, war nicht schön. Es hieß alte Wunden aufreißen und traurige Erinnerungen wecken, aber es mußte geschehen. Mary war zum Glück nicht so erschreckt, wie er gedacht hatte.

»Du hast mir eigentlich nichts Neues erzählt«, sagte sie ruhig.

»Ich habe es schon die ganze Zeit gewußt, daß das A. C. in deinem Namen Alfred Cartwright bedeutet. Einmal vertraute mir Onkel an, daß er einen Verwandten von dir gekannt habe, und ich ahnte, wen er meinte.« Plötzlich fragte sie: »Glaubst du, daß Cartwright in Europa ist?«

Timothy nickte.

»Sicherlich, das heißt, wenn man Marokko zu Europa rechnet. Seit das Verbrechen begangen wurde, habe ich den Verdacht, daß er dorthin flüchten würde. In den paar Minuten, die ich mit ihm verbrachte, erzählte er mir, wenn auch nicht die ganze Geschichte, so doch seine Auffassung davon. Er kennt Marokko und ist schon dort gewesen. Er sprach von einem Mauren namens El Mograb, der ihn früher bei sich in der Familie behalten wollte, und er bedauerte, daß er den Rat des Mauren nicht befolgt hatte.«

»Hast du das der Polizei erzählt?«

»Ich habe der Polizei über den ganzen Besuch nicht sehr viel gesagt. Cartwright brachte nämlich seine Anschuldigungen gegen Sir John wieder vor. Man hätte dies alles wieder ausgraben müssen, und das wollte ich nicht, wegen – wegen –«

»Meinetwegen?« fragte sie ruhig und sah ihn an.

»Das könnte stimmen.«

Einige elegante Gäste verließen jetzt das Restaurant.

Plötzlich sah er eine Karte vor sich auf dem Tisch. Sie lag neben seinem Platz. Er nahm sie auf. Auf der Vorderseite stand: »Zeigen Sie diese Karte niemandem!«

»Nanu –«, rief er und drehte sie um. Sie war nicht in gewöhnlicher Schrift, sondern mit Druckbuchstaben beschrieben:

›Wenn Sie bis zum Neunundzwanzigsten nichts von mir hören, so bitte ich Sie sehr, nach Tanger zu fahren und im Continental-Hotel nach einem Mann namens Rahbat zu fragen – das ist ein Maure, der Sie zu mir führen wird. Ich bitte Sie um unserer Verwandtschaft willen zu kommen. Haben Sie das Geld erhalten?‹

Timothy legte die Karte hin und starrte Mary an.

»Was ist denn los?« Sie streckte die Hand aus.

»Es – ist nichts.«

»Unsinn, Timothy, was ist es? Bitte, laß es mich sehen.«

Ohne ein Wort überreichte er ihr die Karte, die sie schweigend durchlas.

»Von wem ist das? Von Cartwright?«

»Offenbar. Die Anspielung auf das Geld und der Appell an unsere Verwandtschaft – aber wie kam es auf meinen Platz?«

Er rief den Oberkellner.

»Wer waren denn die Leute, die eben hinausgegangen sind?«

»Die kenne ich alle«, gab der Oberkellner bereitwillig Auskunft. »Ein Herr aus London, ein Theaterdirektor und eine Dame, die angeblich seine Frau ist. Dann noch ein amerikanischer Schriftsteller und ein englischer Herr, der als Sekretär bei einer Dame angestellt ist, die auf Cap Martin wohnt.«

»Mrs. Serpilot?« fragte Timothy schnell.

»Jawohl, so heißt sie. Sie ist Witwe und ungeheuer reich!«

Timothy steckte die Karte in die Tasche.

»Das ist eine Botschaft von Cartwright. Ich werde dieser Geschichte auf den Grund kommen.«

Er begleitete Mary zum Hotel zurück, ging in sein Zimmer und zog sich um. Und gerade zu der Stunde, als das Kasino seine müden Besucher entließ, ging er durch die palmenbeschattete Allee, die zur Hauptstraße führte, und begann seine Wanderung nach Cap Martin. Am Tag und mit Hilfe eines Planes ein Haus in diesem Viertel zu finden, wäre wohl das einfachste von der Welt gewesen. Nachts stellten sich diesem Vorhaben fast unüberwindliche Hindernisse entgegen.

Cap Martin ist ein hügeliges Klippengelände, das mit Fichten und wilden Blumen bewachsen ist. Die Wege laufen nach Willkür der reichen Bewohner. Es gibt Gäßchen, Pfade und breite Wege, die in Wirklichkeit gar keine breiten Wege sind, sondern nur Privatstraßen, die zu den herrlichen Villen führen, von denen Cap Martin eine Überfülle besitzt. Der Morgen dämmerte schon am östlichen Himmel, als Timothy endlich die Villa Condamine ausfindig gemacht hatte.

Sie stand dicht am Meeresrand und war auf der Landseite von einer hohen Mauer umschlossen, obgleich das Gehölz, das die Villa umgab, völlig genügt hätte, sie von der Außenwelt abzuschließen.

Timothy ging um eine kleine Bucht herum, bis er den ganzen Platz vom Ufer aus übersehen konnte. Ein Zickzackpfad führte von dem Haus zur Küste und endete in einem kleinen, verschwiegenen Kai.

Auf einmal hörte er das Tappen von Fußtritten. Ein monegassischer Arbeiter schlenderte den Küstenpfad entlang, eine Pfeife im Mund und mit einer blauen Bluse bekleidet. Er bot dem jungen Mann vergnügt ›Guten Morgen‹ und blieb stehen, um nach der freundlichen Art der Monegassen etwas zu plaudern. Er war offenbar Gärtner und im Begriff, zur Villa zu gehen, denn der steinige Weg, auf dem Timothy stand, führte direkt zu einer Tür in der hohen Mauer. Es sei eine gute Stelle, sagte der Fremde, aber er wünsche, daß er mehr in der Nähe wohnen könnte. Aber schließlich wohne keiner der Bediensteten im Haus, und –

»Ach, da ist er ja! Das ist nämlich ein Maure!« Er deutete auf das Meer hinaus.

Eine kleine Dampfjacht steuerte langsam dem Land zu – Timothy hatte ihr Licht schon seit einer Stunde gesehen – und fuhr jetzt zu ihrem Ankerplatz.

»Ein Maure!« rief Timothy aus, und fuhr dann ganz obenhin fort: »Hat denn auch ein Maure hier eine Villa?«

»Nein, Herr«, erklärte der Mann, »das ist ein vornehmer Maure, der manchmal von Marokko herüberkommt.«

»Besucht er denn jemanden in der Villa Condamine?«

»Freilich. Er ist ein Freund der Dame und in drei Monaten schon zweimal dagewesen.«

Unter dem Bug der Jacht plätscherte das Wasser, als der Anker fiel. Dann stieß ein Boot ab, und im Heck desselben stand eine Gestalt, die mit einem weißen Burnus bekleidet war.

Timothy sah dem Gärtner nach, der gemächlich weiterging, und folgte ihm dann. Es war nicht wahrscheinlich, daß die geheimnisvolle Dame einem einfachen Arbeiter den Schlüssel zum Gartentor überlassen hatte, aber zu seiner Überraschung war das doch der Fall. Der Mann öffnete das Tor, blieb stehen und sah sich um, als ob er noch jemand erwarte. Timothy nahm an, daß wohl zwei oder noch mehr Arbeiter hier beschäftigt seien und daß dieser dort den Schlüssel habe und die übrigen einlasse. Diese Vermutung sollte sich als richtig erweisen. Bald erschien noch ein blaubebluster Gärtner.

Timothy beschleunigte seine Schritte. Wie er vermutet hatte, war das Tor unverschlossen geblieben, wahrscheinlich in Erwartung des dritten Gärtners. Er stieß es sachte auf und sah nichts als das Ende eines gewundenen Weges, der zwischen hohen Fliederhecken verschwand.

Wenn er jemals einer Chance trauen durfte, so war dies jetzt der Fall. Er hatte schon das Tor durchschritten und schlich behutsam auf dem Pfad vorwärts, ehe er sich überhaupt bewußt wurde, was er getan hatte. Er hörte Stimmen und bewegte sich mit äußerster Vorsicht. Dann, nach fünf Minuten, hörte er das Gartentor hinter sich zuschlagen. Der dritte Arbeiter war gekommen, und nun war der Ausgang versperrt.

Er bahnte sich seinen Weg durch die Fichten, die das Haus vor neugierigen Blicken schützen sollten. Niemand war zu sehen, und die Stimmen waren in der Ferne verklungen. Er konnte jetzt kühner ausschreiten und kam schließlich an den Rand des Gehölzes, direkt der Villa gegenüber. Zwischen ihm und dem Haus lag ein offener Platz, ungefähr fünfzig Meter breit. Er versuchte sein Glück und überquerte ihn. Sein Ziel war ein Fenster zu ebener Erde, das offenstand.

Das Hineinklettern war aber nicht so leicht, wie er gedacht hatte. Das Fenstergesims befand sich über seinem Kopf und bot seinen Händen keinen Halt. Er schlich herum und versuchte einen anderen Eingang auszukundschaften, aber er fand keinen. So vertraute er einfach darauf, daß sich hinter dem Gesims doch ein Fensterrahmen befinden müsse, ging zwei Schritte zurück, wagte einen Sprung und faßte wirklich den Rahmen. Schnell zog er sich in die Höhe und schwang sich in den Raum.

Ein süßer Duft war ihm sofort in die Nase gestiegen, als er den Kopf zum Fenster hineingesteckt hatte. Jetzt sah er, daß der nackte Fußboden drei Zoll dick mit Rosenblättern bedeckt war. Offenbar stellte sich die Eigentümerin ihr Parfüm selber her. Diese Liebhaberei erklärte auch, warum das Fenster offen war. Möbel gab es in diesem Raum, der wohl nur dem Zweck diente, die Rosenblätter zu trocknen, nicht. Die Tür war unverschlossen, und er trat auf einen Steingang hinaus. Die Bauart des Hauses war ihm ein Rätsel. Er hatte zumindest nicht erwartet, sich im Kellergeschoß zu befinden. Dann fiel ihm ein, daß die Villa ja auf abschüssigem Gelände erbaut war und daß der Haupteingang demnach in einem höheren Stockwerk liegen müsse.

Ein paar Steinstufen führten nach oben. Er stieg vorsichtig hinauf, Stufe für Stufe; der Ausgang wurde von einer Tür versperrt, die auf der anderen Seite mit Vorlegeschloß und Riegel verrammelt war. Es war ein ganz primitiver Kellerverschluß. Timothy erinnerte sich, daß er an einer Nische mit Gartenwerkzeug vorbeigekommen war. So fand er bald Werkzeug, das Hindernis zu beseitigen. Ein langes Stemmeisen hob den Riegel mit Leichtigkeit von der Tür.

Nun hörte er in leisen, gedämpften Tönen zwei Menschen sprechen und ging auf Zehenspitzen durch den teppichbelegten Vorraum. Er horchte an der Tür des Zimmers, aus dem die Stimmen kamen, und war im Zweifel, was er zunächst tun solle. Es befanden sich zwei Türen in der gleichen Wand. Er blieb stehen und preßte sein Ohr an das Schlüsselloch der zweiten Tür. Kein Laut war zu hören. Er klinkte auf und sah hinein.

Wie er erwartet hatte, war dieses Zimmer mit dem andern durch eine geschlossene Flügeltür verbunden. Die Stimmen klangen jetzt lauter, waren aber noch immer nicht zu unterscheiden. Er befand sich in einem kleinen Wohnzimmer, das gut, aber nicht luxuriös möbliert war. Hohe französische Fenster führten auf eine Veranda, und was noch wichtiger war: an beiden Seiten dieses Fensters hingen lange Veloursvorhänge, die nötigenfalls als Versteck dienen konnten.

Er hörte nun, daß die Tür des Nebenzimmers geöffnet wurde und daß die Stimmen über den Gang hin verklangen. Dann bewegte sich die Klinke seiner Tür. Er hatte gerade noch Zeit, hinter den Vorhang zu schlüpfen, bevor jemand ins Zimmer trat. Es war eine Frau. Bei dem Klang ihrer Stimme wäre er fast in die Höhe gefahren.

»Er ist eben auf sein Zimmer gegangen«, sagte sie. »Frühstücken Sie nur jetzt. Er wird Sie wohl noch in die Stadt schicken.«

»Bei Tage?« fragte die Person, zu der die Frau sprach, und auch diese Stimme kannte Timothy.

»Mit der Brille wird er Sie nicht erkennen. Außerdem hatten Sie einen Schnurrbart, als er Sie das letztemal sah.«

Der Mann auf dem Gang murmelte etwas, und Timothy hörte, daß die Tür des Zimmers geschlossen wurde. An der leeren Wand des Zimmers stand ein Schreibtisch, den er vorher nicht bemerkt hatte, und auf diesen ging die Frau zu. Er hörte ihre Feder über das Papier kratzen – da trat er aus seinem Versteck heraus. Sie wandte ihm den Rücken zu und bemerkte ihn nicht, bis sein Schatten über den Tisch fiel. Sie sprang mit einem Schrei in die Höhe.

»Guten Morgen, Lady Maxell«, begrüßte Timothy sie.

Sadie Maxell war so weiß wie das Papier, auf dem sie geschrieben hatte. »Wie sind Sie hier hereingekommen?«

Timothy antwortete nicht. Er ging durch das Zimmer, bis er zwischen ihr und der Tür stand.

»Wo ist Cartwright?«

»Cartwright?« wiederholte sie. »Was wollen Sie denn von ihm?«

»Mäßigen Sie bitte Ihre Stimme«, sagte Timothy scharf. »In welchem Verhältnis stehen Sie zu Cartwright?«

Sie netzte ihre trockenen Lippen, ehe sie antwortete.

»Ich heiratete Cartwright oder Benson in Paris – vor Jahren.«

Timothy trat einen Schritt zurück.

»Sie waren mit ihm verheiratet? Dann allerdings ist Ihre Flucht begreiflich!«

Sie blickte ihn ruhig an.

»Was wollen Sie jetzt tun?«

»Ich werde mir mal den Mann ansehen, den Sie da oben haben, diesen verkleideten Mauren.«

Ehe er wußte, was geschah, hatte sie ihn mit beiden Händen am Rock gepackt.

»Sie werden nichts Derartiges tun, Sir ›Trau-Allen-Chancen‹ Anderson«, zischte sie durch die Zähne, und ihre Stimme zitterte vor Erregung. »Früher habe ich ihn gehaßt, aber damals kannte ich ihn noch nicht. Lieber will ich Sie tot am Boden sehen, ehe ich zulassen werde, daß Sie ihm noch mehr Leid zufügen.«

»Lassen Sie mich los.« Timothy versuchte sich loszureißen.

»Sie werden dieses Haus verlassen und vergessen, daß Sie jemals hier gewesen sind. Sie Narr, Sie!«

Er hatte sich ihr entwunden und stieß sie zurück.

»Ich habe Ihrem Freund ein paar Worte zu sagen, und ich glaube, es ist besser, Sie bleiben unterdessen hier. Ich hasse es, Familienstreitigkeiten vor andern auszutragen.«

Er hatte nicht gehört, daß sich die Tür hinter ihm geöffnet hatte, und erst das sausende Geräusch eines eisenbeschlagenen Stocks gab ihm ein warnendes Signal. Er wurde nicht direkt auf den Kopf getroffen, wie es beabsichtigt war – der Schlag streifte ihn nur und warf ihn auf die Knie. Er wandte das Gesicht seinem Angreifer zu. Er wußte, daß es Brown war, schon ehe der Schlag gefallen war.

»Soll ich ihn niederschlagen?«

»Nein, nein!« schrie die Frau. »Um Gottes willen, nein!«

In diesem Augenblick riß Timothy seinem Gegner die Beine weg. Brown versuchte noch einmal zu schlagen, aber es war zu spät. Er flog krachend auf den Fußboden und stieß mit dem Kopf gegen die Wand.

Timothy stand auf, schüttelte sich und rieb seine verletzte Schulter. Er sprach kein Wort. Dann schritt er zur Tür.

Auf dem oberen, breiten Treppenabsatz befanden sich drei Türen, nur eine davon war geschlossen. Timothy drückte die Klinke nieder und trat ein.

Ein Mann stand an dem Fenster, das über die ruhige Weite des Mittelmeers hinwegsah, das im Licht der aufgehenden Sonne schimmerte. Von den Schultern bis zu den Fersen war er mit einem langen weißen Mantel bekleidet, und um seinen Kopf schlang sich ein dunkler blauer Turban.

»Jetzt, Cartwright«, rief Timothy, »werden wir abrechnen miteinander.«

Der Mann hatte sich beim Klang seiner Stimme nicht gerührt. Erst als Timothy geendet hatte, drehte er sich um.

»Mein Gott!« schrie Timothy auf. »Sir John Maxell!«

20

»Timothy«, flüsterte Mary, »ich habe eben gerade an das schöne Haus gedacht, das du mir auf Cap Martin gezeigt hast.«

»Wirklich, Liebling?« Timothy zeigte kein besonderes Interesse.

Sie befanden sich auf der Überfahrt über den Kanal, Boulogne lag hinter ihnen.

»Ja«, fuhr Mary fort. »Weißt du, ich hatte so ein Gefühl, als ob du mich dorthin gebracht hättest, um mich jemandem zu zeigen, vielleicht einem deiner Freunde. Die ganze Zeit, die ich im Garten spazierenging, hatte ich das Gefühl, beobachtet zu werden. Es war nicht weiter unangenehm, nur so eine Empfindung, wie man sie manchmal hat, wenn man weiß, daß man angesehen wird. Ich liebe Monte Carlo. Meinst du nicht, daß wir wieder einmal hingehen werden, nach – nach –«

»Sehr wahrscheinlich«, sagte Timothy abwesend.

Sie stand auf und ging das Deck entlang, um ein vorüberfahrendes Schiff zu beobachten.

Timothy zog einen Brief aus der Tasche und las ihn vielleicht zum zwanzigstenmal. Er war nicht datiert und lautete:

›Mein lieber Anderson,
ich kann Ihnen nicht sagen, wie dankbar ich Ihnen für Ihre Güte bin und für das große, edle Mitgefühl, das Sie bewiesen haben. Ich bin so froh, daß Sie mich Mary haben sehen lassen, denn ich hungerte förmlich nach dem Anblick des Kindes. Bitte vergeben Sie Sadie. Sie handelte ohne mein Wissen, aber, wie sie meinte, zu meinem Besten, als sie versuchte, Sie von Monte Carlo fernzuhalten. Sie wollte, daß ich Mary wiedersehe.

Ja, ich habe Cartwright getötet, aber ich erschoß ihn in Notwehr. Seine Leiche liegt auf dem Grund eines unbenutzten Brunnens im Garten meines Hauses. Es ist auch wahr, daß ich Geschäfte mit ihm gemacht habe, daß ich an seinem maurischen Syndikat beteiligt und stark darin verwickelt war. Ich war so nahe am Ruin, daß ich, durch Berichte über Sadies Vermögen getäuscht, ihre Bekanntschaft machte und sie heiratete. Während des vergangenen Jahres habe ich nie aufgehört, Gott dafür zu danken; denn sie ist mir die treueste Gefährtin und Freundin geworden, die ein Mann sich wünschen kann.

Ich selbst war es übrigens, der den Schuß durch das Fenster meines Hauses feuerte. Ich wollte vor Cartwright fliehen und so im voraus einen Beweis gegen ihn schaffen – Gott möge mir verzeihen. Sadie ahnte alles, und als sie mich beobachtete, wie ich im Garten aus dem Brunnen den Beutel herauszog, der die Belege dafür enthielt, daß Cartwrights Anklage gegen mich nicht gänzlich falsch war, da wußte sie, daß das Ende nahe war. Ich bin völlig glücklich. Die meiste Zeit verbringe ich mit der Verwaltung meiner Besitztümer in Marokko unter dem Schutz El Mograbs, eines alten maurischen Freundes von mir, dem ich als Kronprätendenten große Hilfe geleistet habe. Sechs Monate im Jahr bringe ich bei Sadie zu, denn Sadie lebt entweder an der Riviera oder in Cadiz, und beides kann ich mit meiner gemieteten Jacht leicht erreichen. Ich glaube, es ist das Beste für alle Beteiligten und besonders für unsere liebe Mary, wenn ich weiter als tot gelte. Eines Tages mag man die ganze Geschichte erzählen, aber es würde niemandem damit gedient sein, sie heute zu veröffentlichen.

Die Karte mit der Botschaft war für Mary bestimmt – aber ich bin froh, daß sie in Ihre Hände fiel. Sie haben es erraten – ich war es, der Marys Geld in Ihr Zimmer warf; ich wagte nicht, es ihr mit der Post zu schicken, aus Angst, mich durch meine Handschrift zu verraten, und ich wußte, daß es bei Ihnen sicher war. Gott segne euch beide und schenke euch Glück und Wohlergehen. Ich hoffe, daß meine Habe, die ich euch eines Tages hinterlassen werde, dazu beitragen wird.‹

Timothy faltete den Brief zusammen und wollte ihn wieder in die Tasche stecken. Dann aber änderte er seine Absicht und nahm ihn wieder heraus. Er las ihn noch einmal, riß ihn in kleine Stücke und warf sie über Bord.

Dann trat er zu der Frau, die er in Paris geheiratet hatte.